JN114908
Life 03
bokunomari
ikareta bojo
Million years bookstore

いかれた慕情

僕のマリ

百万年書房

目次

いかれた慕情

ひかりのうた

美弥子おばさんが死んだ。

報せを受けたのは、葬儀が終わった夜のことだった。美弥子おばさんは父の姉で、生まれてから死ぬまでずっと、地元である福岡に住んでいた。母によると、美弥子おばさんは今年の春には医者に危篤を告げられていて、それが一度落ち着いたように見えたのだが、夏を迎える前に、急性白血病で亡くなった。

告別式が終わるまで訃報を聞かされなかった理由は十分に分かっていた。わたしの家族は、一週間後に兄の結婚式を控えていたからだ。すごく複雑な気分だった。すっかり兄の結婚式に浮かれていたわたしは、母からのＬＩＮＥに、なんと返信すればいいかわからなかった。

美弥子おばさんが長くないことは、なんとなく分かっていた。十年ほど前に白血病を発症して、家族が必死になってドナーを探して、いのちは取り留めたものの、闘病生活は続いていた。昨年の春に行われた従兄弟の結婚式も、体調が良くないから、と来られなかった。享年六十六歳という、早すぎる死だった。美弥子おばさんは、自身の病気と闘いながらも昨年亡くなった祖母の介護までしていた。心配性の彼女のことだから、きっと天国でも祖母の面倒を見ているのだろう。

金曜日の昼過ぎ、新幹線に乗って名古屋へ向かった。東京－名古屋間はあっという間で、小説を読んでいたらすぐに着いた。両親と、鹿児島に住んでいる母方の叔母夫妻と合流する。久しぶりに見る両親はいささか小さくなっているように思えた。ふたりとも今年六十三歳なので、初老の夫婦であることには間違いない。銀の時計というところで待ち合わせをしたのだが、人の多さに全員ぐったりとしていた。

名古屋駅近くのホテルにチェックインして、しばし横になる。ここ数年で、本当に疲れやすくなった。両親が歳をとっているのと等しく、わたしだって年々加齢している。久々に家族が集まるにも拘らず、個人主義の我が家は全員ひとり部屋だった。特にすることもないので、小説の続きを読んで時間を潰す。やがて母からＬＩＮＥが送られてくる。夕飯をどうするか、という相談だった。三月に名古屋に旅行したばかりだと喋ってしまったせいで、店選びを任されてしまった。本当は知らない土地の店選びなど苦手だが、ここは最年少の自分が頑張るしかないな、とネットで店を探して提案した。向かいの部屋にいながらＬＩＮＥでやりとりしているのはやや滑稽に思えたが、そのうち母がわたしの部屋に入ってきた。

手羽先料理の店を予約して、ロビーで待ち合わせ、夜の街に繰り出す。この日の名古屋は七月なのに涼しいくらいだった。半袖の身体が寒い。母と叔母は下戸なのでウーロン茶、酒豪の父、その血を継いだわたし、普通に飲める叔父はビールで乾杯した。話題は母方の祖母のことで持ちきりだった。祖母も難病に罹っており、認知症の症状もいよいよひどくなってきたのだが、もともとかなり天然ボケだったので、それほど悲惨な感じがしない、というのが全員の感想だった。叔母曰く、祖母は出来ないことを申し出ては、潔く諦めるのが特に面白いのだという。祖母は半身麻痺で寝たきりの身体にも拘らず、「恵子（叔母）、朝ごはん作ったろか？」と真顔で言ってくるらしい。叔母も「ほな頼むわ」と適当に返事をして、何分か経った後で「お母ちゃん、ご飯できたかいな」と声をかけてみると、祖母はニヤニヤしながら「なんか今日は無理やねえ」とぬかすのであった。そんな祖母とわたしはそっくりだとみんなは言っていた。

ホテルに戻るも、時刻はまだ二十時。ホテルの温泉に入って、ビールを飲んで再び小説の続きを読み、片手間でiPhoneを眺めていたら、いつの間にかうたた寝していた。疲れていたので無理もない。強い雨音で起きた。時刻は深夜一時、廊下から誰かの鼻歌が聞こえてくる。雨……と思ってゆううつになる。明日はせっかくの結婚式なのに、大雨が降っている。どうか晴れてほしい。睡眠導入剤を飲んでもう一度眠った。アルコールと併用することは、禁止されている。

早朝六時に目覚め、朝風呂に行く。人は少なく、ゆっくりと湯に浸かった。万年冷え性の身体がじんわりと温まるのが気持ち良い。血が巡って、ぽやんとした頭で風呂を出る。一旦部屋に戻り、八時に朝食会場へ向かう。エレベーターを待っていたら、人の視線を感じた。見上げたら、次兄がいた。次兄は仕事のため、昨晩遅くに名古屋入りしたのだった。会うのは約一年半ぶりだと思う。おおー、おまえかあ、と話しかける声はとことん眠そうだ。朝食を摂っていると、突然父が「本日はご多忙の中、また、お足元の悪い中お越しいただき、ありがとうございます」とスピーチの練習を始めた。味噌汁をすすりながらふむふむと聞くわたし、「ええんちゃうん?」と言う次兄。「新郎の父親は責任重大なんだよ」とこぼす父は、やはり嬉しそうだった。

わたしと母は着付けがあるので、叔母夫妻より一足早めにホテルを出て式場に向かった。雨は降っていなかったものの、どんよりと曇った天気だった。降りませんように、と願うほかない。

　式場に着くと兄夫婦がいた。新郎であるところの兄は「ちょっとコンビニへ」みたいな服装をしていた。わたしの着ているバンドTシャツを見て「おっ！　マツリスタジオ！」と笑う。わたしと兄は音楽の趣味が酷似している。その他はまったく似ていない。花嫁のユリさんはオリーブ色のワンピースを着ていて、「今日はよろしくお願いします」とはにかんでいた。

　しばらく待合室で時間を潰し、席次表などを眺めながら「誰にお酌しに行けばいいか」を確認した。母以外が無口なメンバーのこの家族は、久々に会ったにも拘らず、読書や仕事など各々のやりたいことに集中して過ごした。

　着付け前に喫煙所で最後の煙草を吸っていたら、父が隣に座った。少し気まずい。ふたり、無言で煙を燻（くゆ）らせていたが、「まり、元気にやってるか」と父が口を開いた。「うん、元気にやっとるよ」と定型文を返す。本当はそこまで元気じゃない。「……美弥子おばさん、残念やったね」思わず口に出た。きのう会ったときから触れてこなかった話題だった。

父はこの二年間で母を亡くし、愛犬を亡くし、姉を亡くした。小太りだった身体がかなり痩せていた。「ずっと病気やったもんで。いつかこうなるとはわかっちゃいた。でもまあ、いい葬式だったよ」

父の煙とわたしの煙が混ざり合って空に消える。何も言えないまま俯いていると、父はこうも続けた。「姉さんが住んでたあの家には、孫の小さい子どもたちがいたろ？　あの子たちが、葬式でびいびい泣くわけ。最初は、なんでこんなに泣いてんのかって思ってた。そしたら、『おばあちゃんが、おばあちゃんが』って言うんだよ。まだ小学校に入ったばっかの子どもたちが、人の死をわかって泣いてるんだって思って、びっくりした。でもそれくらい、ずっとお姉ちゃんは孫の世話まで見てたんだよ」

胸が詰まった。あの家の子どもたちはまだ本当に小さかったはずだ。

「姉さんが亡くなる寸前、『あの子の結婚式には行ってきて』って、旦那さんに言ったんだって。わたしの代わりに出席して、と息子のヒデくんにも頼んでな。そうして逝った。最後までこの結婚式のことまで考えてたって。姉さんはずっと、そういう生き方をしてきた」父の言うとおりだった。それが幸か不幸かは、わからなかった。

「まりはずっと東京に住むの？」

突然、話はわたしの将来へと変わった。

「うん、そのつもり」

「今のところでずっと働くつもりなの？」

「そうだね、今のところは」

「そうか……」

父はそれ以上何も言わなかった。大学まで出ておいて、定職にもつかず、のらりくらりと東京で暮らす娘のことを、どう思っているのだろう。両親が「普通の幸せ」を望んでいるのは、痛いほどわかる。社会人として自立して、いい年齢になったら結婚して、子供を産んで……自分でも、いつかそうなれると思っていた。でもできなかった。かなわなかった。まだまだこれからだよ、と言われるかもしれないけれど、そんな諦念がずっとこびりついて剥がれない。

式はガーデン挙式で、曇り空の下、めいめいが席に着く。家族四人で一番前の席に並んだ。全員が揃ったところで、タキシード姿の兄が登場する。拍手に包まれながら歩く兄を見るのはとても新鮮だった。「おい！　顔青くなっとるばい！」と叔父がからかう。確かに兄の顔は青白かった。花嫁がお父さんと一緒にバージンロードを歩く。白いドレスを着たユリさんは、うっとりするほど綺麗だった。兄がお父さんの目をじっと見ながら、ユリさんの手をとる。ふたりとも、少し震えている。

誓いの言葉を述べ、指輪を交換して、ふたりはキスをした。鳴り止まない拍手に包まれながら退場するふたりの後ろ姿を見ている時、ふと、うなじが汗ばんでいることに気づいた。着物が暑いのかと思ったら、雲の隙間から、ひかりが煌々(こうこう)と射していた。ふと、美弥子おばさんのことを想った。

披露宴会場はとても素敵だった。花がたくさんあって、赤いグランドピアノが置いてあり、その横にはバンドセット、高砂には新郎新婦のエレキベース。最高だな、と我が兄弟ながら思う。

披露宴が開始してからは、もっぱら挨拶とお酌で自席を離れることが多かったが、自作のプロフィールムービーが上映されてからは思わず見入ってしまった。妹でありながら、兄がどんな人生を送ってきたのか全然知らない。年が離れている上に、兄は大学進学からずっと名古屋に住んでいたので、あまり話をする機会もなかったのだ。知らないことはたくさんあった。大学の専攻やバイト、会社での役職など、思わず「へえ」と声が漏れる。兄はたくさん友達がいたようだった。わたしの知らない顔をたくさん持っているのだろう。

お色直しの時間になった。新婦のユリさんは、留袖姿のお母さんと退場していった。

「さあ、新郎様がひとりぼっちになってしまいました。ひとりで退場するのは寂しいですね。それでは、サプライズで、お呼び出しさせていただきます！」と、司会の人がわたしと次兄の名前を呼んだ。たちまち拍手が巻き起こる。本当にサプライズだった。ビールを一気飲みして、兄の元へ向かう。兄弟三人が並んだ。無数のカメラが向けられて、フラッシュがまぶしい。兄が弟と妹の肩をガッとつかみ、三人は寄り添った。そして手をつないで、会場を歩く。「ヨッ！　マツリスタジオ！」と叫んだ人は兄のバンド仲間だろう。着付け前のわたしのTシャツ姿を見られていたようだった。二十年ぶりくらいだろうか、兄の手を触るのは。小さい頃は、いつも兄たちがわたしを守るようにして遊んでいた。三人で一緒にいた期間は十年と少しだったけれど、昔のことを思い出したら目の奥が熱くなった。

兄はその名のとおり、やさしく育った。いつも穏やかでのんびりしていた。勉強もスポーツもできて、しかしそれを鼻にかけることがないのが、自慢の兄だった。兄は高校生の頃から音楽を始めた。最初はギターだったけれど、のちにベースへと移行した。わたしが高校生になって軽音楽部に入ったことを知った兄は、初任給でわたしにORANGEのアンプを買い与えてくれた。どれだけお金に困ることがあっても、それだけは手放せなかった。同じ頃にiPodも買ってくれた。それがうれしくて、「スーパーカーもナンバガもミドリも、これでたくさん聴いとるよ」とメールしたら、兄もまた「さすが我が妹やな、いいセンスしとる」と喜んでいた。

一昨年の夏、渋谷で「向井秀徳」展が開催された。兄を誘って、生まれて初めてふたりで出かけた。それぞれの青春時代に浸りながら、特製のレモンサワーを何杯も飲んで、顔を真っ赤にした兄が「ラーメンおごったる」と中華屋に連れて行ってくれた。わたしたちは、兄弟だった。


お色直しで出てきたふたりは和装で、ユリさんは白無垢姿に百合の花を髪に挿していた。きれいね、と思わず話しかける。この人が義理のお姉さんになるんだ、と思うと、うれしくて心臓のあたりがじゅわっと熱くなった。天気予報では雨だったにも拘らず空は完全に晴れていて、ガーデンで催し物のミニゲームに興じている時は暑いくらいの気温だった。

二度めのお色直しを経て、バンド演奏の準備が始まる。兄はベースを持ち、ユリさんはマイクの前に立つ。結婚式の定番ソングだろう、何の曲をやるのかなあ、と思っていたら、花嫁は「真夏のピークが去った」と、しずかに歌い始めた。フジファブリックの『若者のすべて』だった。少し季節外れのこの歌が、わたしは大好きだった。奇しくもその日、富士吉田で、「フジファブリック　志村正彦没後10年『FAB BOX Ⅲ　上映會』」というイベントが行われていたことを、ふたりは知っているだろうか。

結婚式でやるような曲ではないかもしれないけれど、わたしの心には深く沁み入った。

宴もたけなわ、父の挨拶で締めて、新郎新婦は最後にそれぞれの両親へ花束を渡していた。そのときに母が笑顔で兄に何か語りかけているところを見て、なぜだか涙が頰を伝った。なんて言ったのかは今でもわからない。「おめでとう」だったかもしれないし、「よかったね」だったかもしれない。とにかく涙が止まらなかった。最後に退場するとき、温かな拍手に包まれて、会場を見渡したユリさんはようやく泣いた。兄がそっと肩を抱き、しあわせなふたりは会場を後にする。

式も披露宴も無事に終わり、兄たちはこの後二次会を控えているようで忙しそうだった。

この後もバンド演奏などで盛り上がるのであろう。わたしたち家族は着替えを済ませ、親戚に挨拶をして、タクシーで名古屋駅へと向かった。

「お兄ちゃん、楽器ちゃんと弾けとったね」と母が笑う。

「あの曲は有名な人の歌なん?」と尋ねられた。

「そうよ、有名な歌よ」と返した。

「へー、今度聴いてみよかな」ぼそっとつぶやく母の目は、潤んでいるようだった。


「じゃあね、身体に気をつけるんよ、たまには帰っておいでね」

花束を抱えた母が、少し寂しそうに言った。

夕方、東京行きの新幹線に乗る。夕焼けがやけに眩しい。季節は夏で、まばゆいくらいの明るさだった。窓にもたれながら『若者のすべて』を聴いた。「何年経っても思い出してしまうな」という歌詞が、今日のためにあるみたいだった。

忘れる練習

「美人じゃない／魔法もない／バカな君が好きさ」というスピッツの歌詞に、随分と助けられてきた。ほめている感じがしないのに「好き」の純度が高い気がする。それにきっと、本当に好きなものや人のことは、簡単には説明できないって、ずっと思っている。

我が家のゴミ箱の蓋はひん曲がっている。足で踏んで開けるタイプのプラスチック製のゴミ箱は、それなりの大きさで、可燃ゴミを捨てる用として置いてある。その蓋が曲がってきちんと閉まらないのは、わたしが熱々のフライパンをなぜかゴミ箱の上に置いてしまったからであった。使ったばかりのフライパンを置いてしばらくして、洗おうと思って持ち上げたら蓋も一緒についてきた。まずい、と思って、頑張ってフライパンと蓋を剥がそうと引っ張ったら、ベリベリと音を立て、チーズフォンデュのようにプラスチックが伸びた。どこまでも伸びそうだったが指でちぎり、呆然としながらフライパンの底と蓋を見ていた。蓋はフライパンの底のかたちに痕ができていた。こうなることが、なぜかわからなかった。夫と食後のお茶を飲もうと思って、冷蔵庫には剥いた洋梨があって、ほうじ茶の茶葉をフライパンで煎って、お湯が沸くまでに洗い物を少しやっておこうと思って、完璧な夜の時間と思って、それで。泣きそうだった。「普通に考えたらわかるでしょ」という声が聞こえてきそうだった。こういうことがたまにあったら笑えるかもしれないけど、わたしのは笑える頻度ではない。少なくとも、自分には。

あるとき、SNSを眺めていたら、大きなダムの近くにぽつんと置かれたバイクの写真が投稿されていた。「バイクはあるけど本人は居ない」と一言添えられていた。その持ち主はもうこの世を去り、もう二度とそのバイクに跨がることはないのだという。亡くなった持ち主と共に日本一周して、様々な景色を一緒に見たバイクも、もう日の目を見ることはないだろう。

「ここで僕の旅は終わり。もう苦しみたく無いし悩みたくも無い。最後に日本一周出来て幸せだった。楽しかった。さようなら。」

暗く、どこまでも深く見える夜のダムを縁から映した写真と、一枚の診断書の写真が添付されていた。診断書には、「注意欠陥・多動性障害」と書かれている。亡くなった日までたくさん投稿されていた旅の写真はどれも絶景で、プロのカメラマンが撮ったかのように思えるくらい美しく胸に迫る。その、自然がいっぱいの風景や旅の思い出の数々の最後が、暗いダムと一枚の診断書の写真で締めくくられていたのが、ぽっかりと穴があいたように苦しかった。投稿のひとつに「最後はプチ贅沢します」、と夕飯の写真がアップされていた。チェーンのしゃぶしゃぶ屋にひとりで来たようで、薄い肉が入ったお重が二段、テーブルの上に載せられていた。彼は肉の味がしただろうか。つゆを選ぶとき、具材を追加するとき、これから血と肉となる食材を茹でているあいだ、一体どんな心持ちで座っていたのだろうか。食べることは生きることで、だから、本当はもう少し生き延びていたかったのではないか。

ＡＤＨＤは、治るものではない。発達障害という特性で、薬や治療で寛解(かんかい)はしても、根治することはない。そのことに、彼は深く絶望したのだろうかと思った。いくらお金と時間をかけても、この生きづらさから逃れることはできないのだと、だからもう命を絶ってしまおう、と。プロフィールのところに書いてあった、二〇〇〇年生まれという情報。まだ二十二歳、と人々は哀れむが、その二十二年はきっと暗くて長い年月だったに違いない。暗くて長いトンネルを、ひとりで歩いてきたのだろう。最後はやっぱり、光のほうには行けずに、暗い水の底に沈んで死んでしまった。

＊　＊　＊

わたしは大学生のとき、軽音楽部に入っていた。けっこう熱心に活動している部で、定期ライブや年二回の合宿など、わたしの大学生活は部活を中心に回っているようなものだった。とにかく音楽が好きだったから、中学も高校も大学も音楽関係の部活に入った。音楽は自分の一部のようなもので、音楽を聴くことにも、演奏することにも、深く癒されていたのだと思う。大きい音を鳴らすのは気持ちよく、スタジオで耳がきんきんするほどベースを弾くことが、「いま生きている」と感じる瞬間であった。部員数は男子が女子より少し多い比率で、仕切るのは男子、ライブのトリも男子のバンドだった。

ひとり、途中で入部した後輩がいた。榎本くんという男の子で、他の軽音サークルに在籍していたが、そちらをやめてうちの軽音楽部に入ってきた。ギターは経験者で、だいたいの曲は弾ける。ありがたい存在ではあったが、彼が元いたサークルの部員から、あることを「忠告」されていた。「榎本、アスペだから」。

「アスペ」という言葉が世に出てきた頃だった。アスペとは、「アスペルガー症候群」の略で、発達障害のひとつ。社会性・コミュニケーション・想像力・共感性などに乏しいが、言語や知能の遅れがないものを指す。空気が読めず、場違いな言動をしてしまうという特性があり、「空気が読めない」ことをいじるときに、蔑称のように使われていたように思う。わたしはそのとき、自分が当事者だとは気づいておらず、周りの人たちが誰かの言動について「アスペだろ~笑」と盛り上がっているとき、たぶん一緒になって笑っていた。悪口の程度として、そんなには責めているわけでもないと思っていた。だから笑えた。

確かに彼は変わっていた。「場の空気」なんて存在しないかのように軽やかにふるまい、風のように自由に行動していた。でも、誰かを傷つけたり悪いように言うことはなく、やさしかった。わたしは彼を「エノ」と呼んで、人に悪意を向けない彼に安心していた。

夏の五泊六日の合宿のときだった。練習もライブもすべて終え、みんなで合宿所の大広間で打ち上げをしていた。大学生らしい飲み方で、みんな少し無理してたくさんお酒を飲んでいた。毎年恒例の、新入生による一発芸の時間になった。榎本くんは二年生だが、転部してきたので、彼も一年生同様に一発芸をやるという運びだった。一発芸なんていっても、何でもよかった。女の子は簡単な手品や似てないモノマネで「かわいい〜」と言われたらよくて、男の子は少し大変、本当にすごいことをやるか（バク転とか、舌で煙草の火を消すとか）、場を沸かせるくらい面白いことをやらなくては、上級生に認めてもらえなかった。

誰がどういう芸をやったか、ほとんど覚えていない。自分の同期の芸ですら、うっすらとしか思い出せない。お酒も回っていたし、ライブが終わった気楽さで、ほとんどのことがどうでもよかった。一発芸が終わったら、上級生からプレゼントを贈ることも慣習だったのだが、全員に同じものをあげるのではなく、一人ひとり違うものをあげる。それも、ウケ狙いのプレゼントがほとんどで、絶対に要らない巨大なリュックとか、ド派手な下着とか、そういうものだった。榎本くんの一発芸が終わり、上級生が渡したものは、物差しだった。たくさんの「?」を浮かべた彼と、ニヤニヤしている男子たち。ただ「要らないもの」を渡したかのように思ったが、誰かが小声でぼそっと、「他人との距離を測れるようになってください」と呟いたのが聞こえた。おまえは、他人との距離が測れない、空気の読めないやつだから、これを使え。そんな嫌味なメッセージを込めたプレゼントだった。悲しいとか、腹が立つとか、それ以前にショックだった。ひとりでなく、何人かが結託して、同じことを彼に思って、みんなの前で意地悪をしたこと。そして、そんな行為よりも、空気を読めない、他人との距離感を掴めない「アスペ」であることのほうが罪だと信じる人たちがいること。でも、そうやって傷つけられた彼とどんな風に接したか、思い出そうとしても記憶が定かではない。バンドが大好きで、楽器が青春だった。大切な仲間もいた。でも、このことがわたしの大学時代に暗く影を落としているのは、確かだった。

心と身体の調子を崩して会社を辞めたとき、病名と診断が降りた。薄々、なんとなく、そうなのかもしれないと思っていたけど、発達障害らしい。その瞬間、いままでの自分の言動や周囲の人たちの眼差しと、榎本くんのことを思い出した。一緒なのだ。ああ、わたしもそっちだったのか。どこかほっとした気持ちもありつつ、自覚してからはもっと苦しい日々が続いた。自分の欠落を認めることがしんどくて、でも頑張っても届かない。努力しても、一定のラインからは越えられない。そんなもどかしさを抱えながら、この人生を一生。服薬と通院を続けながら、途方もない気持ちになることがある。薬を飲んでから吐くと、すごく苦い。薬とはすごく苦いものだから。

だから、人と関係を築くことが、本当は心底怖かった。ある程度深い関係になることが、ずっと怖かった。愛想が悪くないから、表面上は好かれることが多いわたしにとって、お互いに踏み込んで知っていく過程というものは、恐ろしいものだった。もしも自分のほつれを見られたら。誰にだって欠点はある。でも、自分のそれは、欠点なんてもので済まされるかわからない。だから、自分を知られるのは怖い。

兄の子どもである二歳の姪は、どうやら発育が早い。一歳くらいで義姉のお手伝いをしたり、食卓にいる兄にふりかけを持って行ってあげたり、お風呂にいるときに（なぜか）ビールを持って行ってあげたりと、もう人の手伝いや世話をしているような子だった。二歳の現在も、突然じゃんけんを覚えたり、自作の歌を歌ったり、ゴミをゴミ箱に捨てに行ったりと、毎日その成長はめざましい。ほっと「安心」すると同時に、そんな姪のことを鼻が高い、と思ってしまう自分に嫌気がさす。

＊　＊　＊

大好きな映画、『バッファロー'66』を真冬に観たくなる。無実の罪を着せられて五年の刑期を終えたビリーが、両親に「結婚するから妻を紹介する」と嘘をついたが故に、通りがかりのダンス教室にいた少女レイラを誘拐して実家に向かう。ビリーの両親は息子に対しての愛情は薄く、レイラがその場をなんとか取りなしたものの、彼の寂しい半生を知る。一緒にいるうちにレイラはビリーに愛情を感じるようになるが、ビリーがバッファローに来たのは違う目的もあった。夜、レイラと泊まっていたモーテルを抜けだし、自分が刑務所に入るきっかけとなった人物が経営するストリップ劇場に、銃を持って入る。そいつを殺して、自分も死のうという計画であった。わたしはこの映画を何度となく観る。画の美しさ、小気味よく進む会話、そしてナイーブで自己中だが繊細なビリーのキャラクターが愛おしい。

印象的なシーンがある。夜、レイラと入ったファミレスのトイレで、ビリーはひとり「生きられない」と嗚咽を漏らす。「死にたい」ではなく、「生きられない」と言った。つらいからもう死にたいのではなく、生きたくても生きられない、そんな苦しさを宿す独白だった。

幾度となく、なんとなく、「死にたい」と思うことは多かった。そんなの誰だって思うことだろう、くらいに思っていたけど、夜の海のような暗くて激しい半生だった。子どもの頃、自傷行為をしていたことがある。お小遣いで買った髪の毛のカラー剤とカミソリ、錆びたまま実家の学習机の引き出しに入っていた気がする。いまでも身体に残っている跡に、それでも他人の視線は冷ややかだと、ずっとわかりきっている。あーはいはい、かまってちゃんね。そんな声が聞こえる。もしそこまで思わなかったとしても、そんな傷を残した大人に、きっと誰もが、どうやって接したらいいかわからない。

いま思えば自分も、「死にたい」ではなくて「生きられない」だったのではないか。本当は生きたい、生き延びたい、でもそれがかなわないくらい、心が痩せてしまった。その状態をなんとかくぐり抜けて、どうにかここまできた。でも、だけど、しんどさや苦しさを、直接的に解決できなくても、その痛みを描いた作品に触れて癒やされることはある。わたしにとって『バッファロー’66』とは、そんな特別な思い入れのある映画だった。あの冬、お酒を飲んで酔っ払った足で入った小さな映画館で、熱いミルクティーを飲みながら観た、あの映画。わかりやすい愛や希望が描かれているわけではないけれど、火傷も凍死もしないような体温が、いまもずっとわたしの心を温める。明るくなくていいし、いつも元気でなくてもいい。そのくらいに考えて、ずっと頑張ろうなんて気張らずに、明日を生き延びようと思っていけばいい。未来のことなんて自分にもわからないのだから。

ある日、仕事でへとへとになって帰ってきたとき、夫が用意してくれた夕飯は失敗したと言って、にんじんと大根が片栗粉で煮詰めてある、すごく変なおかずだった。箸では掬(すく)えず、スプーンで食べる、離乳食のようなおかずだった。味も薄いのか濃いのかわからない、不思議な一品であった。でも、わたしは気持ちがつらくなったら、よくその日のことを思い出して、あの何にも似ていない料理をまた食べたいと、何度も思っている。

何が

クリスマスケーキを注文しなくちゃ、と意気込んでいる。去年は忙しくてお目当ての店のケーキは売り切れて、でもケーキなんて山ほどあるから、クリスマス当日に隣町の駅ビルで買った。ふたりでワンホールなんて絶対多いのだけど（もうそんなに若くもない）、でもクリスマスは絶対このホールのケーキじゃなくちゃ嫌で、そこだけは譲れない。そんなポリシーがありつつも、少し趣向を変えて、今年はブッシュドノエルにしようと思う。料理はローストビーフを作って、ごはんはガーリックライスにしようか。王道のケンタッキーでもいい。いつも食べるタイミングがわからないから、クリスマスくらいあのチキンを食べようか。ポインセチアも飾って、プレゼントも用意して……。シュトーレンとアドベントカレンダーも忘れちゃいけない。当日は何を着る？　行事のすべてを大切にしているわけではない。ただなんだか、そういう雰囲気が好きなだけだ。

高校三年生のクリスマスイブは、終業式だった。みんなだいたい進路も決まっていて、だからめいめいが冬休みに楽しい予定を立てて、それじゃまたね、と明るい雰囲気で帰って行った。貯めたバイト代でスノボに行くとか、クリスマスのデートをするとか、みんなはしゃいでいたのをよく覚えている。そんな同級生たちを横目に見ながら、わたしはまだ進路が決まっていなかった。高校三年の十二月にまだ決まっていないなんて、自分くらいだろうと思う。でもなんだか、とにかく先のことを考えるのが苦手だったから、進路相談でもだんまりで、親や先生を困らせていた。

ベージュのカーディガンの袖、少し黒くなったその汚れを眺めながら、いつまでも教室に残っていた。水玉のブランケット、小さいと笑われるサイズの上履き、ストーブを消したときの灯油の匂い。先生がキレたときの物真似をして、しばらくはそのネタで持ちきりだった教室。その場所にも、もう三か月もいないのに、なぜだか何も決められない無力な自分。それにその日、重ねて悲しかったのは、付き合っていた男の子と喧嘩をして、会う予定がなくなってしまったから。聞いてほしかった。一番近いと思っている相手だったから、一番悩んでいることを聞いてほしかった。でも、聞かれたくなかった。頭が良くて、夏を迎える前には大学が決まっていた彼に、わたしの現状はちょっと愚かすぎた。高校生ながらに、「別にずっと付き合うわけじゃないんだよなあ」と、妙に冷めた視点を持ってもいた。同じレベルの大学に行けるわけもなく、そしたらきっと会う頻度なんて減るし、我々はすぐに他人より遠くなるだろう、と。

ただ、弱っているときにした喧嘩はつらかった。メールも電話もこなくなって、でも縋るなんてできなかった。人がいなくなって冷えていく教室で、寒くてつま先の感覚がない。吐く息が白くなって、陽も傾いてきて、でも、どうしたらいいのだろう。廊下から、控えめな足音が響いてきた。教室の扉を開けたのは担任の先生で、わたしの苗字の生徒は学年で三人くらいいたから、下の名前で呼ばれている。

先生は五十代くらいの男性で、苗字をもじってまるちゃん、と公式に呼ばれていた。よく言えば優しくて、正直に言うとなめられていた。優しいけどなめられないって、きっと両立するのは難しい気質なんだと思う。怒っているところは見たことがなくて、子どもが好きで常に笑っているのか、本当はどうでもいいのか、当時はわからなかった。しかし、彼の優しすぎる感じは、わたしを苛つかせもした。授業中に誰も聞いていないのに一生懸命喋っていること。放課後によく、掃除をサボった生徒の代わりにひとりで床をほうきで掃いていたこと。「やりなさいって、言うだけでいいのに」と怒りながらわたしは手伝って、でもやらない子のことを先生は責めないで、「まりはやさしいねえ」と笑うのだった。

そんな風でいると、搾取されちゃうよ。誰かの尻拭いをし続ける人生なんて、わたしは絶対にいやだよ。という言葉はもちろん喉元で押さえ込んで、だから、でも、そんな風に助けていたわたしも、まるちゃんには「優しい」と思われていたのかもしれない。もしくは、こうしたらよく思われる、みたいな、そんな打算も先生には見えていたかもしれない。

わたしは「ゆとり世代」ど真ん中で、勉強もたくさんはしなかったし、何かを強制的にやらされるみたいな、そういう記憶はあんまりなかった。同世代も、あんまり他人に厳しくないし、ストイックな子は稀だった。でも、そのゆるさこそが、かえって格差や分断を産んだということに、しばらく後になってから気づく。ある程度勉強さえしていればどうにかなることも世の中にはたくさんあって、そのうえで成り立つ娯楽や生活も山ほどある。自由と野放しは似ているようで違うのだ。中学の同級生で九九が言えなかった子のことを、いつも思い出す。

「まだいたの」と先生は近寄ってきて、その次にかけられた言葉は、実は思い出せない。涙がぼろぼろ出て、栓がなくなったようにたくさん水分が出る。彼は、泣いている人ならたくさん見てきたような、そんな顔をしていた。驚いたような、哀れむような、小さい子どもを見る親のような表情だった。わたしはカバンの中からハンカチを出して目元に当てて、こんなときですらうちの洗濯物は良い匂い。「どうして、」と切り出したときの声は震えている。「どうして、わたしは自分のことがわからないんだろう」と、小さく呟いた。

泣いたのは、春の新入生歓迎ライブ中、音響トラブルでマイクの音が出なかったとき以来だ。

「少し待っててね」と言って先生はどこかへ行き、温かい午後の紅茶、ミルクティーを持って戻ってきた。「よく飲んでるよねえ」と笑いながら、「身体が冷えちゃってるんだよ」と差し出してくれた。長い間教室にいて、涙も出て疲れていた。もらったミルクティーを飲んで、熱いうちに胃に入れた。熱と糖分が染みわたるような、午後の紅茶の味なんてみんな知っているけど、でもあのときのあの味はなんだか忘れられないし、記憶を上書きしたくなくて、それ以来飲んでいない。そんな呪いみたいな特別が、わたしにはいくつもある。

「もう遅いから、車で送ってあげる」と言われ、促されるまま職員の駐車場まで一緒に歩いた。外はもう真っ暗で、車さえまばらで、先生たちにだってクリスマスや冬休みがある。そういえば、先生に家族がいたかどうかも知らないし、覚えていない。先生は、片方の腕が、肘から先がない。生まれつきそうだった、と言っていた気がする。だから片方の腕だけで板書していた。車の運転はどうするんだろうと思っていたら、やはり（やはりもなにも、そうするしかないのだが）片手でハンドルを操っていた。泣いているところを見られた後で恥ずかしくて、助手席ではなく後部座席に座り、車内でも黙っていた。それでも先生は気まずそうな素振りも見せずに、「イルミネーションが綺麗な家がこのあたりにたくさんあるよ」と静かに進んでいった。オレンジや、赤や緑、ツリーを模した電飾やサンタ帽を被ったトナカイ。温かい家を見ていたら、また涙がにじんだ。幸いにも先生は運転中で、前を向きながら声を殺して泣くということを、この先わたしは何度も経験する。

「何が好き？」と唐突に聞かれた。初めて会った人に聞くような、軽い調子だった。考えなくても答えられる質問なのに、少し間があいた。わたしは、音楽が好きで、本が好きで、それなら一生懸命になれる。「本と音楽」と短く答えると、「そうだよねぇ」と言って、バックミラー越しに目が合った。そのすごく強い眼差しを見て、だからわたしは人と目を合わせるのが好きじゃない。

「自分を信じてあげるのはどうだろう？」という言葉が響いたとき、どんなに強い説得や説教より効いたし、喰らった。自分がわからなくても、自分を信じる。きっとその言葉、その想いや願いは、十年以上経っても、効力を持っている。不真面目で出席日数も足りないような生徒を、放っておかなかった先生は、それが仕事だとしてもやっぱり優しかった。

わたしはその後、猛勉強の末に大学の文学部に受かる。そこもなんとか四年で卒業して、新卒で入った会社は辞めてしまったけど、そこからなんだか縁があって、本を書いたりしている。いろいろあったし、悲しいことも腹が立つこともたくさんあった。明日のことすら考えられないほど弱ったこともあった。でも生き抜いた。「自分を信じてあげるのはどうだろう？」という言葉の速さ、声の大きさ、音程すらも覚えている。あの日、職員室の扉をバーン！　と開けて、「受かりました」と言ったとき、目を丸くする先生たちをよそに、花が咲いたみたいに笑った先生。その笑顔こそが、いちばんのご褒美のようだった。

天使の背中

わたしが新卒で入社した会社は女性用下着のメーカーだった。もともと業界に興味があったわけではなくて、内定を貰ったからなんとなく就職しただけの会社。しかし、なんでもいざやり始めたら頑張ってしまう厄介な性格が手伝って入社半年で店長となり、店を任されることとなった。値が張るものを売っていたことと、店舗の土地柄お金持ちのお客様が多いことで、若いわたしは顧客からの信用を得ることに苦労していた。販売職は人望がすべてだ。顧客という名のファンを獲得することさえできれば、売り上げは着実に上がる。しかし、元来の人見知りが邪魔をして、わたしは接客に苦戦していた。誰彼かまわず積極的に話しかけたり、何が何でも商品を買わせたりする気概はない。しかしそのくらいのガッツがなければ、この業界では生きていけない。全然向いていないし、いつ辞めようかと毎日考えていた。

ある暇な日の午後、親子連れのお客様が来店した。娘さんは高校生くらいで、視覚障害があるようだった。白い杖をつきながら、ゆっくりゆっくり歩いて売り場に入ってきた。ふたりは一通り店内を見た後、新発売の可愛らしいブラジャーの前で立ち止まった。穏やかそうなお母さんが「これはね、淡い紫でお花のモチーフがついてるよ。レースも可愛い。色違いで白もある、白もいいよ」と説明していた。娘さんは探り探りブラジャーのカップをそっと撫でては、微笑んでいた。

わたしは視覚障害のある人の接客をしたことがなかった。それは会社のマニュアルにもないことだった。つけ心地や性能の良さも訴求しているとはいえ、華やかさや見た目が売りの商品を、目が見えない人にどうやって勧めればいいのかわからなかった。

しかし、放っておくわけにもいかない。少し悩んだ後、「何かお探しですか」とやっとのことで声をかけた。柔和そうな親子はわたしを見て微笑んだ。その優しい雰囲気に、一気に緊張が解けた。「ええ、この子のブラジャーを探しているんです。ちゃんと測ってもらったことがないので、サイズもよくわからなくて」「かしこまりました、ではお測りいたしますね」と言ってメジャーを出してサイズを測った。華奢な身体だった。でも、骨格に何だか違和感がある。サイズを教えて、先ほど見ていたブラジャーを試着してもらうことにした。三分ほど待って試着室の中の彼女に声をかける。

二重の紅いカーテンをくぐり抜けて、白い手袋をつけて身体に触る。その身体は、今までに見たことがないほど、きめ細かくて白い肌だった。あまりの美しさに息を呑んだ。何百人、何千人の身体をこの目で見てきたけれど、若さをもってしても、こんなに綺麗な肌は初めて見た。絹のような肌に薄紫の花柄のブラジャーはよく似合っていた。そして、その美しい背中の骨は曲がっていた。少し独特の歩き方をしている姿を思い出して合点がいった。「この子、脊柱側弯症（せきちゅうそくわんしょう）なんです」とお母さんがこぼした。「生まれつき背骨が曲がっちゃってて。だから胸の大きさも左右差があるみたいなんです」

　確かに、右の胸は綺麗に入ったのだが、左は少しカップが浮いてしまっていた。背中が曲がっているせいで筋肉のつき方が均等でないため、左右の胸の大きさが違うのだ。「あら、かわいいじゃんそれ」「ほんと？　なんか着け心地もすごく楽。今までの安いやつと全然違うしこれにしようかな」

　一目惚れしたブラジャーに決めることができたようだ。お会計をして、丁寧に梱包して渡した。「いい買い物ができました、ご親切にありがとうございました」深々と頭を下げて親子は去っていった。

　それから何度もふたりは通ってくれるようになった。娘さんは萌ちゃんという名前らしい。ふたりはわたしのことを、苗字ではなく「マリさん」と呼んでくれた。いつも、白杖をつきながらゆっくりと売り場に来て、必ずわたしが出勤している日に下着を買ってくれた。

会う回数が重なるにつれて、世間話もたくさんするようになった。平日は視覚障害者が通う学校の寮に住んでいて、土日は家族と過ごすこと、四歳上のお兄さんがいること。趣味はランニングで、なぜなら最近太ってしまったから。この前台風で電車が止まってハラハラしたけれど、お父さんに車で迎えに来てもらったこと。お母さんも萌ちゃんもUVERworldが大好きで、ライブに行っては飛び跳ねて騒いでしまうこと。来年には大学受験を控えていること。そんなとりとめのないことをよく、時間を忘れて三人で話し込んだ。効率や売上のことを考えたら本当はあまり良くないことだったが、それでも萌ちゃんたちはわたしの大事なお客様だった。

萌ちゃんは、側弯の影響で下着選びも一苦労だった。健常者でさえ、骨格や胸の形で合うものと合わないものがある。だからこそ、彼女の希望に沿うものを選ぶのは難しかった。デザインや色味を気に入っていても形が合わないということが多々あった。それでもあの手この手で売ってしまえばそれまでだったけれど、なるべく正直に伝えた。わたしは寂しかったので、せめて良い人でありたかった。長い時間をかけて見つけた一着のブラジャーを握りしめて、萌ちゃんたちはいつも深々と頭を下げて帰っていった。大した売上にならなくても、それでいいと思った。

そんな風に楽しい時間もあったけれど、働いているときはつらいことがたくさんあった。繁忙期は休憩なしで十五時間働いたり、いやがらせで更衣室のロッカーを壊されたり、根も葉もない噂を流されたり、いい人だと思っていた取引先のおじさんにセクハラされたり、商談がうまくいかなかったり、華やかな業界とは裏腹にきついことばかりだった。でも、自分の我慢が足りないと思ってはずっと耐えていた。そんなふうに自分をいじめ抜いていたら、いつしか痛みがわからなくなった。緩やかに病んでいたわたしは、やがて糸が切れたように限界を感じて辞表を出した。辞める直前まで誰にも言えなかった。お客様にも申し訳なかった。

萌ちゃんには手紙を書いた。終業後の人のいない社員食堂でペンを走らせた。薄い桃色の便箋に何枚も書いた。よどみなくスラスラと書けた。切手を貼ってポストに投函したとき、これですべて終わったのだと寂しい気持ちでいっぱいになった。

二日後、萌ちゃんのお母さんが息を切らせて来店した。「マリさん、手紙読みました。手紙って嬉しいはずなのに、嫌な予感がして開けるのが怖かった。もうすぐ、辞めてしまうんですね。でも仕方ないことですよね。本当に寂しいです。萌にも手紙読んだらすごく落ち込んでて……」途端にやるせない気持ちになって「わたしも寂しいです」と言った。少しの沈黙の後、萌ちゃんのお母さんはわたしの手を握って切実な表情でこう言った。

「萌、実は側弯の手術を控えていて。難しい手術で、成功する確率は五十パーセントなんです。萌も年頃の女の子だから他の子と同じように、おしゃれしたり、恋したりしてほしい。視覚障害もあるし、背中が曲がったまま生きていくのはあまりに酷だと思うんです。どうして萌なのって、何度も思いました。神様って、意地悪ですよね」遠くを見て話すお母さんの目は、潤んでいて赤かった。

最終出勤日に、萌ちゃんとお母さんはふたりでやってきた。いつものように、一時間くらい話し込んだ。ふたりからプレゼントと手紙をもらった。閉店時間が近づいた頃、人もまばらになった売り場で最後のお別れをした。直接話したら泣いてしまうかもしれないと思って、また手紙を渡した。「今読みたい」と言う萌ちゃんに、お母さんは「萌、気が早いよ」と笑いながら読み上げた。

「萌ちゃんと初めて会った時、あまりに可愛くて天使のようで、本当は背中に羽が生えているんじゃないかと思いました。何を着けても可愛くて、本当にうらやましかった。たくさんお話しできて嬉しかったです。これから楽しいことがいっぱいあると思います。遠くでずっと応援しています」手紙を読み終える頃には萌ちゃんのお母さんは泣き崩れていた。売り場で泣かないと決めていたのに我慢できなくて、三人で試着室に隠れて泣いた。

それから一年が経った。萌ちゃんのお母さんからメールが届いた。

「マリさん、お元気にされていますか？　萌はこの春から大学生になりました。心配だった側弯の手術も成功して、毎日楽しく過ごしています。また会いたいな」

メールと一緒に、大学の入学式の写真が送られてきた。写真の中で笑う少し大人びた萌ちゃんは、天使さながら美しかった。

スリムなわたしのかわいい骨

頑張れども頑張れども、成果が得られないことがある。努力だけではどうにもならない、生まれ持った資質というものについて考える。それがわたしにとってはスポーツで、勉強で、集団生活だった。だから学校に馴染めず、苦い思い出がたくさんある。まず、致命的に、空気が読めない。言ってはいけないことを言って場を凍らせたり、失言で人を怒らせる。だから人付き合いが大変でストレスを感じ、なるべくなら避けたい。努力でどうにもできないことは、避けて通るのが賢明な判断だと思った。きちんと自分の欠落を認めて生きていこうと思うと、そうするほかなかったのである。

食べ物のことを考えるのが好きだ。朝食べるトーストにバターを滑らせる瞬間や、お昼ご飯の選択、コーヒータイムのお供は何を食べるか、夜は家で何を作ろうか。旬の食材を使って様々な料理を作り、自分で言うのも変だが、それはなかなか美味しい。半ば感覚的に作っているが、それでもちゃんと形になるのが料理だ。夫がおかわりして、空になった鍋や茶碗を見るのもうれしい。いつも夕飯のあと、おなかいっぱいだー、と後悔するように言っているのが好きだ。空になった食器を回収して調味料や麦茶を仕舞いながら、次は何を作ろうと考える。食べることが、好きだ。

一時期、相当なストレスと軽い拒食で体重が三十五キロ以下に落ちた。わたしは身長が百五十センチ弱と、高くはないのだが、それでもその体重は成人女性にしては軽すぎる数字を叩き出していた。その頃は精神的にかなりやられていて、ふとした拍子に何のきっかけもなく涙が出るような時期だった。当時悩んでいたことや長い間感じていたしんどさで心の底ではつらかったのだが、身体が痩せていることはとてももうれしく、弾むような気持ちだった。スカートから覗く足の細さ、隙間、座ったときに感じる床の近さ。何を着てもウエストがゆるく、スカートが位置を定められずにくるくる回ることすら、なんだかうれしかった。

その頃の食事は、朝は小松菜やバナナを入れたスムージーを飲み、昼は抜き、夜はお酒を何本か飲む、それだけ。たまにゼリー飲料を口にするくらいで、固形物はほとんど食べなかった。食事に誘われたら行くし、好きなものを好きなだけ食べるけれど、帰ったら罪悪感で吐いた。普段の生活では吐くものなんてほとんどないから、調子が悪いときに便器に浮かんだのは、メロンソーダのエメラルドグリーンだった。

暇さえあれば体重計に乗って、百グラムでも減っていたらわたしは機嫌がよかった。食べない生活でも毎日動いてはいたから、この調子でどんどん痩せればいいと思っていた。胸が痩せてしまうのは少しみすぼらしい感じがしたけれど、ぺたんこになったお尻や骨張った手足のことをすごく気に入っていた。久しぶりの人に会ったときに「痩せたね」と言われるたび、ニッコリ笑った。人から見て痩せて見えるということは、ちゃんと細いのだ。

当時、周りにどう見えていたか、本当のところはわからない。でも、万能感、この一言に尽きるくらいわたしは生き生きとしていた。痩せている自分に自信があったし、好きだった。

「足が細い」という言葉は、中学、高校時代の褒め言葉だった。スカートから覗く太もも、ふくらはぎの細さは、かわいさや美しさを測るツールのようであった。棒きれのような、太ももとふくらはぎの境がないような細い足にも、若いわたしたちからは羨望の眼差しが向けられていた。足が細いのは武器だから、どんなに寒い日でも短いスカートにハイソックスを履いて、みんなの視線を集める。女の子たちは、運動で鍛えた筋肉質なふくらはぎを恥じ、足が細く見えるように撮れるプリクラの機能に歓喜した。わたしは当時細くはなく、太りやすかったので、油断して食べ過ぎては写真に写る自分の姿を見てすぐ落ち込んだ。大人になるにつれて体重は安定してきたけれど、一定の数字を下回ることはなかった。

それが。ひどいストレスをきっかけに食べられなくなって、食事を抜いていたらあっというまに三十キロ台になった。本当はお酒もカロリーだから取り入れたくなかったけど、飲んだら気がまぎれるから許していた。チョコ一かけさえ食べるのに勇気がいるような、病的な日々だった。冬になって、貧血で倒れて点滴を打ち、缶に入った流動食のようなものを大量にもらって帰った。人工的ないちごの味が気持ち悪いと思い、全部は飲みきれなかった。ゆっくり、少しずつ、普通に食事が摂れるようになるまで、五年くらいかかったと思う。太ることが怖いのではなく、太ったときの周りの視線が、何より怖かった。服も、行動も、仕草も制限されているように感じていた。胸とお尻以外の肉は削いで落とさなければと、本気で思っていた。だってそれは、努力でどうにだってできることだから。

三十歳。お菓子も食べるし、毎日ではないがお酒も飲む。お米が好きだし、焼き肉に行ったらカルビやハラミを頼むし、出かける前にひょいとチョコレートをポケットに入れたりする。だけど、でも、太っていた頃の自分の写真は、見つけ次第削除している。まだ到底、苦しいのだ。

花の墓標

飼っていた犬が死んだ
二十四歳の春のことだった
報せを受けて電車に飛び乗って故郷を目指した
箱の中で硬くなった身体を抱き上げると拍子抜けするほど軽かった
名前を呼んでも返事はなかった
いつもわたしが帰るとあんなにはしゃいでいたのに
街のはずれの火葬場でお別れをした
くたくたになった毛布や庭に咲いている花と一緒に

大好きだった毛むくじゃらの愛のかたまりを燃やした
「さよなら」が言えなくて「またね」と言った
連れて帰った小さな骨を庭に埋めた
「悲しいからもう犬は飼わない」と老いた両親は言った
抱きしめられたらいいのに
やわらかな陽射しの中で静かに泣いた
土の中で眠るしとやかな獣は
花の姿を借りて咲くのだろう
涙を流した庭のかたすみでは
ブーゲンビリアの情熱が
ブーゲンビリアの情熱が

リノちゃん

インターネットで知り合った人と会ってはいけません、と厳しく育てられたにも拘らず、わたしはこれまで何人ものインターネットの人と会ってきた。今となっては、出会い系アプリで交際がスタートして結婚まで行き着く人も珍しくないが、素性のわからない人と会うのは相当危険だったのかもしれない。それでも、ネットの書き込みの様子でお互いのことをある程度知っている人と会うのは、ある意味気楽だった。昔から腹を割って話せる友達が少なく内向的な性格だったわたしにとって、インターネットは魂の救済だった。SNSはとりわけ面白い。いろんな人のいろんな日常や人生を覗くことができる。フォロワーが何万人もいる有名人や実際の知り合いの投稿よりも、名前も顔も知らない一般人の何気ない日常を眺める方が、なぜだか好きだった。

東京に出て間もない頃、ある女の子のツイッターをよく眺めていた。その子は大阪に住んでいて、年の頃は自分とそう変わらない。栄養士になるために大学に通っている。実家でマルチーズを飼っている。「リノ」という名前だった。どうやって彼女のページにたどり着いたのか定かではない。投稿はすべて何気ない日常のものだったが、彼女の歯に衣着せぬ物言いやセンスのある服装、可愛らしい童顔にすぐに虜になった。わたしはいつの間にかリノちゃんのことを猛烈に好きになっていた。

インターネットの他人を好きになったからといって特に何ができるわけでもなかったが、リノちゃんの日々のつぶやきや自撮りを眺めているだけでなんとなく楽しかった。長い髪をふたつに結わえている写真や、かわいい洋服を着た写真はすべて保存して目の保養にした。赤の他人の写真を保存することはなかなか気味の悪い行為だと自覚していたが、リノちゃんはずっとわたしの憧れだった。奇抜なデザインの洋服から舌に空いたピアスまで、彼女が身につけているものはすべて魅力的に見えた。

わたしはその頃、素性を明かさずツイッターをやっていた。もちろん偽名で。それでも何かの拍子で、リノちゃんがどこの馬の骨ともわからないわたしのことをフォローし返してくれたので、晴れて「相互フォロー」になった。その時はとても嬉しかった。数年前のことだったので、自分が何を投稿していたのか、もはや覚えていない。たぶん、取り立てて面白くはなかったと思う。しかし、コメントやいいねでどうにかリノちゃんと距離を縮めて、いつの間にかお互いだけをフォローしているアカウントができるまでになった。ちょっと狂気じみているけど事実だ。ただのネットストーカーがここまで昇格するのも稀有な例だ。なにか特別なことをしたわけではなかったけれど、仲良くなれたのは好きなものや考え方が似ていたからだと思う。

リノちゃんはわたしの二歳上だった。大学を出て、今は社会人として働いていると教えてくれた。わたしは正直に「ずっとツイッターを見てかわいいと思っていた、ファンだった」と白状した。すぐにリノちゃんから「えー！　ほんまに！　嬉しいわ！」と返信がきた。

それから一年ほど、ネットでのやり取りを続けた。やがてリノちゃんが東京にくる日があるので会ってみることになった。二十三歳の秋のことだった。ずっと憧れていたのに、いざ本当に会うとなるとものすごく緊張して吐きそうだった。ガチガチになりながら、リノちゃんと新宿で待ち合わせた。最初、リノちゃんが西口、わたしは南口にいたので、落ち合うのに難儀した。十五分くらいかかってやっと落ち合えた時、わたしは汗だくでものすごく恥ずかしかったのを覚えている。リノちゃんは人混みに埋もれるほど小柄で、スーツケースを転がしながらニコニコとこちらに近づいてきた。

「ごめんなー！　ほんまごめんやでー！」とかわいい声で繰り返していた。思っていた以上に気さくだった。

彼女の飛行機の時間の関係で、駅の近くで軽くお茶できるところを探した。少し往生して、新宿駅の東口のルノアールに入って、わたしはホットコーヒー、リノちゃんはアイスティーを注文した。煉瓦色のふかふかのソファーに埋もれながら仕事の話や恋の話をした。普段は人に言えないことも、リノちゃんには話せた。話せたというか、聞いて欲しかった。

あまり自分のことを話すのが好きではなかったのに、もっと自分のことを知ってもらいたかった。彼女もまた、ひみつをたくさん話してくれた。初対面だったけど大笑いした。本当に時間がギリギリだったので、その日は一時間くらいで解散した。帰り際、改札の前で新宿のルミネで買ったいい香りのする石鹸をプレゼントすると「ありがとう」と喜んでくれた。笑った時に覗く歯列矯正のワイヤーが、とびきりキュートだった。

それからも、ツイッターやＬＩＮＥで交流が続いた。インターネットで知り合った人とは一度会ってそれっきり、となることも少なくなかったので、関係が続いていくことが素直に嬉しかった。電話をすることも多かった。わたしの母親も大阪出身なので、馴染みのある彼女の大阪弁は心地よかった。良いことも悪いことも聞いてもらったし、どうでもいい話もたくさんした。お風呂に浸かりながら長電話して湯冷めすることもあった。少女に戻った気分だった。

わたしは二十四歳の春に仕事を辞めて、少しの間無職になった。次の仕事も決めずに辞めてしまったので、正真正銘の無職だった。なんにもすることがなかったけれど、むしょうにリノちゃんに会いたくなって新大阪行きの新幹線に飛び乗った。夜も更けた頃にアメリカ村のマクドナルドの前で待ち合わせた。「なんでおるん！　ここ大阪やで！」と笑い転げるリノちゃんを見て嬉しくなった。いきなり押しかけたのに泊めてくれて、四日くらい置いてもらった。無計画な旅で下着が足りなくなっても、リノちゃんはほいほいと洗濯してくれた。世話焼きな彼女は疲れた心を癒してくれた。リノちゃんが作ったごはんを食べたり、格闘技を見たりした。新世界でベロベロになるまで飲んだり、神戸の古着屋に行ったり、なんばのお好み焼き屋さんで満腹になったりした。たくさん元気をもらった。

秋にはまたリノちゃんが東京に来て、今度はうちに泊めた。

夜遅くにネオンがギラギラした喫茶店でお茶して、うちに帰る途中に「ご自由にどうぞ」と書かれた張り紙がついた良い感じのテーブルがあって、「ええやん」と言ったものの、重すぎてふたりでひいひい言いながら持って帰った。チーズをつまみながら秋限定のラ・フランスのチューハイを飲んで、交代でお風呂に入って眠った。不眠症のわたしは、いつもリノちゃんのちいさな寝息を聞いてから眠る。人の寝息を聞いていると不思議と眠くなった。ふたりで昼過ぎまで眠りこけて、六本木のスヌーピーミュージアムに行って大はしゃぎした。谷川俊太郎が訳した詩は、同じ時期に愛犬を亡くしていたわたしたちに沁みた。リノちゃんはおみやげ屋さんでかわいいスヌーピーのぬいぐるみを買って、バッグに押し込んで大阪に連れて帰っていた。

二〇一八年の夏も、大阪へ行く用事があった。面白そうな飲み会とライブに行くためだ。直近で決まったのでスケジュールはぎゅうぎゅうだったけれど、大阪行きが決まった時点で、絶対にリノちゃんに会う！　と心に決めていた。

盛夏の大阪。満員のライブハウスから離脱して、なんば駅を目指した。ママチャリにまたがったリノちゃんと落ち合ってタリーズでお茶した。リノちゃんは絶対にアイスティーだ。ノースリーブのワンピースから、すべすべの腕を出している。涼しげでよく似合っていた。そのあとリノちゃんの友達がやっているお寿司屋でご飯を食べて、味園の可愛いバーで飲んで、自転車にふたり乗りして帰った。真夏の夜、彼女の背中にもたれてぐるぐる変わる景色を酔った頭でぼんやり見ていた。きらきら光っていた。

一年ぶりのリノちゃんの部屋は少し模様替えしていた。ダニが気になって、布や家具など全部捨てたと言っていた。たまにこういう思い切りの良さを発揮する。荷物を置いて一息ついていると、高島屋の紙袋を渡された。中には、綺麗な金魚の絵が描かれたゼリーと、THREEのネイビーのマニキュアが入っていた。静かに感激していると、「あんまり選ばなそうな色にしてん」とキッチンで青いスツールの上に座って、タバコをふかしながら笑っていた。

次の日リノちゃんは午前中だけ仕事に行って午後は有給休暇を取ってくれた。帰ってからふたりで近所の中華を食べに行った。真昼の強い日差しの中、ぼちぼち商店街を歩いて好きな喫茶店やパン屋さんを教えてくれた。昼間から瓶ビールで乾杯して、お酒に弱いリノちゃんは三口くらい飲んで顔を真っ赤にしていた。去年も新世界でカルピスサワーを少し飲んだだけで全身真っ赤になっていたっけ。帰ってレモンの味のパピコを半分こして食べて、甘いアイスコーヒーを分け合ってちびちび飲んだ。わたしは本当は甘いコーヒーは好きじゃなかったけど、なぜかおいしく感じた。だらしなく寝っ転がりながら甲子園を見ていたルールが全然わからないわたしに、一生懸命教えてくれた。わたしはその日に東京に帰る予定だったから、お昼過ぎに家を出た。強い日差しに焼かれながら駅で手を振って別れる。リノちゃんは最近ハマっているスケボーを片手にニカッと笑った。もう、歯列矯正のワイヤーは外れていた。帰る間際にこっそり、あの時リノちゃんが連れて帰ったスヌーピーの人形に手紙を持たせた。

新大阪駅で缶チューハイを買って新幹線に乗り込んだ。お盆で大混雑だった行きとは違ってガラガラだった。疲れた身体で窓にもたれて、何枚も撮った写真を見返しては、楽しかった思い出に浸った。味園ビルの美しい螺旋のスロープ、お酒のクリームソーダ、自転車のカゴに入った馬券、煤（すす）けた中華屋の冷麺、冷たい桃のゼリー。いつでもこの夏に帰れると思った。次はいつ会えるだろうか。

品川駅を通り過ぎた時にカバンの中を整理していたら、THREEの秋の新作パンフレットに紛れて、小さな赤い封筒が入っていた。大阪にいる時はまったく気がつかなかった。ふたりしてこっそり手紙を仕込むなんて笑えてくる。中を開けると、かわいい字で「君のかつやくにカンパイ」と書かれていた。どんな時でも応援してくれた。本を出した時はすぐに送った。「絶対に東京でがんばる」と書いた青臭い手紙を付けて。良いときもそうじゃないときも、彼女の優しさに触れるたび泣きそうになる。

終点の東京駅に着いた。手紙から、彼女がつけている香水がふわっと香った。私はずっと、君みたいになりたかった。

愚かな

わたしは夜中に起き出す。時刻は三時半で、寝るには遅く、起きるには早いこの時間に、なんだか猛烈にお腹が空いた。特に、外でお酒を飲んできたあとは、喉が渇くしお腹が空く。水分と塩分が身体から蒸発し続けているみたいに、何かを身体に入れたくて仕方ない。まだ眠りをむさぼりたい欲望と、凶暴な食欲とが身体のなかで戦っている。すべての原動力は、欲だ。

冷蔵庫の中身を想像する。牛乳、バター、卵、小粒納豆、キャベツの千切り、タマネギのピクルス……。冷凍してあるごはんは、ひとつあったかもしれない。その光景が浮かんだとき、冷凍庫に鎮座しているふたつの焼き芋のことを思う。わたしがこの家に引っ越してきたときにはすでにあったから、もう二年くらい放っておかれているのではないか。でも、時間が経ちすぎた食べ物にはなかなか食指が動かない。死んだように横たわっているふたつの焼き芋、捨てるなら一緒に捨ててやりたい。そして、野菜室で萎れているサニーレタスのことも思い出す。葉っぱが和紙のようにくちゃくちゃになっていて、頼りない。俯伏せになっているトマトは無事だろうか。持ち上げたら、カビが生えていたりしないだろうか。しかし、カビが生えていてもいなくても、いま食べたいのは野菜や果物ではない。もっと悪い食べ物を、身体は求めている。食べたいもの、温かい麺類。コシのないぶよぶよのうどんか、バターを溶かしたラーメン。四ツ谷の居酒屋で食べたそーめんチャンプル。鶏ガラで味をととのえている味だった。たぶん、しらふで食べたらしょっぱすぎるのだけど。

二十代の半ば、ミュージックバーのバイトをしていたとき、仕事終わりによく駅前の小さいお店で飲み直した。二階にあるお店のすぐ横を電車が通るが、いつも終電のあとに飲みに行くから、音は気にならなかった。毎週火曜日のバーのバイトは楽だったけれど、あんまり気が進まなかった。お客さんと話さなくちゃいけないのが苦痛で、いつも少しずつスピーカーの音量を大きくしていた。おじさん同士で来ていても、なぜか話の合間に「きみはどう思う？」と水を向けられた。たいてい聞いていないので、いつも困った。スナックやガールズバーでもない、接客を売りにしていないお店で、なんでみんな自分と話したいのだろう、といつも不思議だった。でもみんな、「話したい」というよりは「聞いてほしい」という欲のほうが多かったことに、辞めて何年か経って気づいた。自分はそんなにやさしくないから、受け入れる器も用意していなかった。お客さんがいないときは天国で、本を読んだり、電子ピアノを弾いたり、ギターを練習したりした。ひとりでステージに立っているように気持ちが浮ついた。そしてその高揚感のままに、ふと思いついた文章をノートに書き付けたりもした。

いつも四時間くらい店番をしたあと、閉店作業をしながら、キング・クリムゾンの「ムーンチャイルド」をかけるのが定番になっていた。今日売れたお酒の瓶を表に出しておき、吸い殻を集めて灰皿を洗い、ゴミを捨てて、売り上げの計算が終わる頃にちょうど曲が終わる。店の鍵を閉めてからふらふらと、亡霊のように駅前の店に吸い込まれ、飲み直すのがわたしの火曜日の仕舞い方だった。

そこでよく食べていた、チリコンカンの味を思い出す。水色の器に入っていて、おもちゃみたいな卵がのっていて、店主が「熱いよ！」と必ず言いながら渡してくれた。チリコンカンは、給食では外れのメニューだと言われていた。子どもに豆は不人気で、豆ご飯も同様に喜ばれないメニューだった。しかし、わたしは給食がなんでも好きだった。嫌いなのは毎日ついてくる牛乳だけで、あとのメニューは全部平らげていた。チリコンカンを家で食べたことはなく、外食でもあんまり選択肢に入ってこなかった。だから好きも嫌いも更新されないまま大人になったけれど、この店では看板メニューであった。量もちょうどよく、何より温かい食べ物がうれしくて、わたしはいつも注文した。同じようにいつも頼むジンライムは、しこたま飲んだあとでもするすると喉に入った。

ひとりで黙々と食べるチリコンカンと壁にうつる無音映画。ぼんやりと過ごしながらも、こういうさみしくて豊かな瞬間のことを一生忘れないような気がすると思っていた。自分の部屋に帰ったころには朝の四時で、シャワーを浴びて、小さな音で映画を流しながら寝ていた。新聞配達のバイクや、人々が活動し出す音が聞こえる。当時わたしは、日中は喫茶店のウエイトレスとして働いていた。シフトがいろいろな時間で寝不足だったが、そうやって朝帰ってくる不規則な生活を送りながらも、常に花瓶に花を生けることを絶やさなかった。いじけたように煙草を吸ってお酒もよく飲んでいた日々、好きなもので自分を守ろうとしていた。

いまでも、夜中に起きたときは、あの頃をふと思い出す。お腹に温かいものを入れたときの安心、白んでゆく部屋で眠りに引き込まれるあの感じ。煙草を吸い過ぎたときの頭の重さや、お酒を飲み過ぎて胃がねじれるときの後悔。そんなことを思い出していると、いつのまにか、再び眠っているのである。だから、夜中にたらふく食べたい欲望は、たいてい未遂に終わる。朝起きたときには、夜中のことなんてさっぱり忘れている。

隣で静かに眠る夫の寝息を聞きながら、愚かな若い自分のことを、いつも思い出している。

祝福

「元気にしてる？　家で久々に定規を使ったら、まりと撮ったプリ貼ってあって、どうしてるかなと思って連絡したよ」

高校生のときの友だち、なほみからのＬＩＮＥがきたのは夜だった。そろそろお風呂に入ろうと思っていた頃で、すばやく返信を打つ。二言三言交わしたのち、翌月の頭には会う約束を取り付けた。七年ぶりに会う友だち、会わないうちにあったいろいろを、どれを言うか言うまいか、そんなことを考えながら湯船に浸かった。

その日は朝ごはんを一緒に食べようと、駅で待ち合わせてわたしは一分遅れた。北口改札の外にはひとりだけしか立っていなくて、もしそうでなくとも、すぐに彼女だとわかるほど外見は変わっていなかった。帽子から覗く茶色く染めた髪、そして左手の薬指の指輪。結婚した話は、なんとなく聞いていたか、SNSのアイコンでわかったかのどちらか。出会った瞬間だけは「おー！」と手を握り合って、そのあとはなんとなく目を合わせるのも恥ずかしかった。

予約してくれたカフェで、なほみは聞いたことのない苗字を名乗っていた。洒落た朝ごはんを食べながら、なほみがノンカフェインの飲み物を頼んだことを思い、話題を選んだ。友だちだけど、友だちだから。妊娠してるのか、したいのか、それについていきなり聞くのは憚られた。なほみの結婚相手の話、出会うまでの話、仕事のこと、わたしのいま住んでいるところや夫の話。だんだんと、連想ゲームのように学生時代の思い出や同級生の話にうつる。大体が笑い話で、お互いの記憶のツボを刺激しあうようにして時間が過ぎていった。

雑貨屋で買い物して、昼ごはんを食べ終えた喫茶店。ハーブティーを飲みながらなほみが、ごく自然な流れで「もう、結婚して三年になるんだけど、できないんだよね」と口を開いた。「転職したいけど、ここまできたら産休と育休とりたくて。でも、いつできるかもわからなくて仕事続けるのはつらいなあって」いまの仕事で一度身体を壊したことは、最初に聞いていた。なんとか持ち直したけれど、別にすごく好きなことではないし、じゃあ三十歳になる年齢で何になりたいかわからない、子供はほしい、でもできない。そんなことを淡々と話すのだった。

高校生のときに、なほみが好きな男の子が、仲の良い友だちと同じだったことがあった。でも、どちらも諦めたくないと、告白をして付き合って、その友だちにも打ち明けたらしい。そのことをわたしに話したときと、同じ空気だった。自分だったらできないな、なほみはすごいな、そう思っていたことが、ふいに蘇った。

「たぶん無理は続かないから、つらくならないように、旦那さんにも相談していいと思うよ」と返してみる。会ったことのない彼女の夫は、「くまのプーさんみたいなんだよ」という紹介だけで、ああ大丈夫な人なんだな、と軽薄ながら安心してしまう。付き合って最初のクリスマスに、ユニクロのマフラーをなほみにプレゼントして、怒らせたプーさん。「わたしは二万のセーターあげたのに、二千九百円のユニクロのマフラーをお返しにもらって、それは許せないって怒ったら、次会ったときすっごい謝ってきたよ」と笑い話にして、その感じで幸せが伝わってきた。

「そうだねー、お給料安くなってもいいか相談してみようかな」と言う彼女は、リップを塗りながら「そういえばさ」と続ける。「小学生のときの同窓会があってさ、あんまりもう覚えてないけど、行ってみたの。で、同じクラスですっごい漫画が好きな男の子がいてね、その子のことは覚えてたんだけど。その子、いま、有名な出版社で漫画に携わる仕事やってるんだって。そんなふうに好きなことをずっと追い続けるって、すごいなって思ったんだよね」リップのキャップをカチッと閉めて、「そういう子、周りにいた？　好きなことを諦めなかった、みたいな」と聞かれた。

頭のなかを突風が通り抜けるように、いろんな想いが巡る。高校時代に本が好きと盛り上がっていたこと、テスト明けのカラオケで歌ったジュディマリ、ミクシィのブログを面白いと言ってくれたこと、会わなかった七年間のあいだ、わたしは文章を書いて、本を出した。お互いの感性を持ち寄って、好きな歌詞や本の台詞について長電話したこの友だちに、いまのわたしのことをなんだか知ってもらいたかった。

「わたしも今、本の仕事も少しやってるんだよね」と、努めて何気なく言う。「本って、旦那さんの仕事の？」と聞かれて、その指が髪の毛を巻き付けるのを見ながら、「えっと、書いてて」と返す。真顔になった彼女に、「書くほうになった、本を」と言いかけてもう、「ちょっと待って」と目の前の顔が歪む。両手で口元を押さえる彼女の、目が潤んでいる。「ほんとうに？」と聞かれる頃にはわたしも慌てて目元をハンカチで押さえていた。

十二年前、大学に合格したときも、なほみはケーキを買って走って会いにきてくれた。箱の中ですこし崩れたショートケーキの歪さが、そのときの祝福を体現していたことを思い出す。それを渡してきた彼女の目、声の震え。

「ずっと、ずっと好きだったもんね」とやっとのことでなほみが呟いて、わたしたちは少しの間出てくる涙をハンカチに吸わせていた。「まだ無名だし、売れてもないけど」と照れ隠し、でも、「報われたと思った」と言ってからは、ほんとうに、普通に喋るのが難しかった。わたしのしぶとさや、暗さ、激しさ、それもこれも全部、きっと彼女は昔から知っていると思った。

ディズニーランドのホテルのロビーで

最後にディズニーランドに行ったのは、五年前の三月のことだった。福岡からはるばる、伯父と、伯父の孫であるゆいちゃんが遊びに来たのだ。わたしは東京に住んでいる若いお姉ちゃんとして、ゆいちゃんと一緒にディズニーランドで遊ぶことを命じられていたのである。ゆいちゃんとわたしは、従兄弟の結婚式で初めて会った。年が十五歳くらい離れていて、頻繁に会うこともないので、仲が良いわけでもなかった。しかし、伯父が孫をどうしてもディズニーランドに連れて行ってあげたくて、でも自分とふたりきりは楽しくなかろうと、わたしを呼び出したのだ。ゆいちゃんの母は赤ちゃんを産んだばかりで、家族みんなで東京に来るのは難しかった。断る理由もなかったのでふたつ返事でオーケーして、その日を迎えた。

当日朝早くから楽しむために前乗りしようと、伯父はディズニーランドのホテルを予約してくれていた。ゆいちゃんがわたしに慣れるためでもある。夕方、舞浜に電車で向かい、ホテルのロビーで伯父とゆいちゃんと落ち合った。小学四年生の彼女には、なんと照れくさい時間だったろうか。最初はあんまり目を合わせられず、もじもじしている様子だった。わたしはわたしで、弟や妹がいないから、どう接したらいいかわからなかったところがある。でも、一時間も経たないうちにお互いに慣れて、夕食を摂る頃にはすっかり仲良くなっていた。ゆいちゃんがうっかり白い服の袖にケチャップをつけたときでさえ、我々は気分良く笑っていた。「ママやったら怒られとるよ」と素直に言う彼女に、伯父とふたり、なんともいえない顔で目配せしたものだ。

そのとき伯父は六十代半ばであっただろうか。ゆいちゃんからすれば「じいじ」である伯父は、長旅の疲れもあいまって（とはいえ、福岡－羽田間は一時間半と近いが）、早々と自分の部屋に休みに行った。わたしはゆいちゃんと一緒の部屋に泊まることになっている。ホテルの売店で買った缶ビールを持ち帰り、広い浴槽に湯を張った。三月末といえど、夜は肌寒い。ナイトウエアは、子ども用を置いていなかった。「ゆいちゃんは服何センチなん？」と聞くと、「百四十」と言っていた。ちっちゃいなあ、と思った。とはいえ、背が伸びないまま大きくなった自分にとって、ゆいちゃんがわたしの背を越すのもあと何年かで叶うだろうとも確信していた。たしかこの子のお父さんは百八十センチくらいあったはずだ。子供用のナイトウエアをスタッフから引き取り、アメニティに紛れていた泡風呂の粉を見つけて入れてみる。袋に書いてあったように、「素」を入れてから蛇口の湯を勢いよく流し込むと、すぐに泡まみれになった。

「恥ずかしくないよ」心を読まれたように、ゆいちゃんは服をぽいぽいと脱いで、先陣切ってお風呂に入っていく。さすがに十歳の子なので、自分で身体を洗い（泡風呂に気をとられ適当ではあったが）、ざぶーん！　と湯船に浸かった。そんなに勢いよく入ったら、と言いかけたけど、身体が小さいので湯も大して溢れなかった。わたしも身体を洗い、一緒に風呂に入る。泡風呂というのは、ぜんぜん合理的ではない。出るときにもう一度シャワーで泡を流さなければいけないし、よく売っている薬用の入浴剤のように効能があるわけでもない。でも、子どもの頃は喉から手が出るほどに憧れていた。言えなかったのか、言わなかったのか、覚えていない。しかし、ついぞ実家で泡風呂に入ったことはなかった。家を出て、ひとり暮らしの狭い浴槽で泡風呂に入ってみたときには、こんなにすぐ泡がなくなるんだ、とひっそり思ったものだ。

それでわたしは、「じゃあ、お風呂に入りながらジュースを飲んでお菓子を食べよう」と提案した。ゆいちゃんは驚きながらも、盆と正月が一緒にきたような顔をしていた。「いいの？」「いいよいいよ、今日はなんでもいい特別な日」教育の責任がない、従姉妹の娘である彼女に対して、わたしは安全圏から甘い言葉を投げかける。そして適当に身体を拭いて、冷蔵庫からビールとジュースを持ってきた。ほぼ裸で室内を歩くわたしに、ゆいちゃんは「窓から誰かが見とったらどうしよ⁉」と笑っていた。

湯船に入って乾杯して、しばらく他愛もないことを喋る。「今度はママとパパと、りっくんと、生まれたばっかの赤ちゃんと来たい」とゆいちゃんは言った。彼女なりに、「自分だけこんなに楽しい思いをしている」という、小さな小さな罪悪感のようなものがあるのかもしれないと思った。そういえば部屋に着いて荷解きをしたときに彼女が見せてくれたのは、ママが作ってくれたフォトアルバムだった。ゆいちゃんのママである従姉妹のりっちゃんは、毎年こんな手の込んだことをやっているのか。その日はゆいちゃんの十歳の誕生日だった。

「夜更かししたら明日起きれんくなるよ」と脅して、夜の九時半にはベッドに入れる。寝る間際にママに「おやすみ」の電話をして、ちんまりと布団に沈みこむゆいちゃんがかわいかった。部屋の照明を落とし、寝入ったことを確認して、持ってきていたパソコンを片手にロビーへ向かう。このホテルにはおよそ不釣り合いな行為だが、わたしには時間がなかった。「何かを書こう」と思いながら、何を書けばいいのかずっと探している時期のことだった。重たいパソコンを開き、しばらく考え込む。少し酔った頭で、ゆいちゃんの年の頃の自分を思い出す。図書館で借りた本で、印象的だった物語がある。話の本筋は思い出せないけれど、やはり十歳くらいの女の子が、変わり者の叔母と泡風呂に入るシーンがあった。イギリスの児童文学だったことだけ覚えている。泡風呂に入りながら、ジュースやサンドイッチ、フルーツを食べたこと……。わたしはその頃からずっと、「お話」のなかに憧れていた。

春先のそわそわするような匂いと、ぬるい気温が何かを駆り立てる。予感のような、諦めのような感情がわたしのなかに渦巻いている。なにかに憧れる気持ちだけで生きていきたいと、ずっと思っていたような気がする。普通に生きられなかったことを強く呪いながら、そんないびつな心を大事に育ててきたと、気づいたときにはひとりで泣いていた。ディズニーランドのホテルのロビーで、わたしはひとりぼっちだった。

ファストフードに駆ける

家族でサイゼリヤに行ったことがない。

あの店で一緒に過ごすのは、たいてい友人か恋人だった。学生時代、バイト代とお小遣いで過ごせる場所といえばマクドナルドかミスタードーナツで、込み入った話があるときは自然とサイゼリヤに足が向いた。わたしはいつも、コーラと温かいジャスミンティーを飲む。普段はあんまり飲まない炭酸のジュースを、ドリンクバーでは何度も注いで飲んでいた。

単価の安いドリンクバーで、何時間粘っても追い出されないのがサイゼだった。ドリンクバーとトイレを行ったり来たりしながら、コーヒーが意外と濃いめだということにいつも驚いて、夜はちゃんと眠れなくなった。カフェインが大好きだが、効きすぎていつも神経が逆立ってしまう。端っこみたいな野菜と硬いポテトをゆっくり食べながら、BGMはいつも思い出せない店。店員さんが片手に三枚もお皿を乗せて、縦横無尽に動き回る、すごい店……。

ひとり暮らしが長かったから、食事がてらひとりでぼんやりすることも多かった。書き仕事を始めたばかりの頃、ぼろぼろだった大きくて重たいMacBookを持って、隅っこの席で文章を書いていた。程よく広くて、たまにうるさすぎるけど適度にがやがやしていて、そして煙草が吸えた。思い返せば、わたしはそれなりの期間、煙草を吸っていた。世間が電子煙草に移り始めているときに止めて、それ以来は一本も吸っていない。煙草を吸っていると言ったときの周囲の反応も、吸っていないと言ったときの反応も、どちらも嫌だった。女を評価するグラデーションの無さに呆れたし、その目に耐えられない自分の弱さも嫌だった。でも、キャスターマイルドの香りは大好きで、たまに嗅ぐと泣きそうなほど懐かしい。そしていまでもふと、サイゼリヤのあの深緑色の灰皿を思う。神様おねがいです、ヤニを食らいたいのです。

それでわたしは、サイゼリヤでお酒を飲むのが好きだった。ビールやチューハイを飲むのではない。落としても割れないのが自慢のプラスチック製グラスで、ワインをちびちび飲むのが楽しかった。冷めたピザのチーズをぐにぐにと噛みながら、ゆっくり世界が回っていく様子が、外国の退屈な映画みたいで良い。いま思えば、たらこのスパゲッティも、料理にかけるタバスコも、あまり好きではなかったが、サイゼリヤで少しずつ慣らしていった。みんなが好きなラム肉は苦手で、スプーンが刺さらないほどカチコチのティラミスが好きだった。全部がなんてことない味のはずなのに、なぜか鮮明に思い出せるから不思議に感じる。青豆に絡んだ卵、ミートソースのチーズの味わいも、克明に覚えているのは、どういうことなんだろう。

わたしはお酒を飲みながらよく文章を書いた。お酒を飲むと、興が乗るのは確かだった。

アルコールが身体を温めて、いろんな記憶をぐいぐいと手繰り寄せて繊細な感情を再生してくれるのだ。少なくとも、わたしは。あんまり酔いすぎると文章のテイストがまとまらないけれど、より的確で自分に誠実な言葉が浮かんでくる。あんまり感傷の海に溺れていると、文章に脂がつきすぎる。全体を見てバランスを整えているあいだのことを、料理みたいだなと思う。食べる人のことを思いながら作っているあいだ、できあがる前に心が満たされるのがわかる。

喫茶店で働いていた当初、休憩場所がなかった。店内は狭いので従業員が席を使うわけにはいかず、いつも一時間を駅前のファストフード店やカフェ、喫茶店で過ごしていた。しかし、昼時のマクドナルドは激戦区で長蛇の列、カフェも空いている席はほとんどなく、喫茶店で食事を摂ろうにも混んでいると提供までに時間がかかったり、それはそれは悩ましい問題であった。

夏の最適解は、バーガーキングでフロートを頼むことだった。ソフトドリンクのSサイズより安いという謎がありながらも、百五十円で頼めるのはありがたかった。フロートを頼むのが同僚のなかで少しだけ流行って、店員ごとに違うソフトクリームの巻きについて笑いながら話していたのを覚えている。バーガーキングに通い出した頃は、文章を書く仕事を依頼され始めた時期でもあった。だからいつも、依頼のメールをあたたかな気持ちで読んで、うれしくなっていたことを思い出す。

自費出版の同人誌を作って、ひとつずつ袋詰めして送っていたこと。あの頃は装画や装丁を頼める知り合いもおらず、組版という言葉も知らなかった。全部自分で作った、この薄い冊子を買ってくれた人は、どうしてわたしを見つけてくれたんだろうなと思った。いま見るとあまりにも粗くて、買ってくれた人に申し訳なくなるけど、あのときのワクワクした気持ちを、もう味わえないのだと思うと寂しい。二十五歳の頃なんてたった五年前なのに、両手で持ちきれないくらいの経験と思い出が、この五年間に詰まっている。

駅前のマクドナルドはいつも混んでいたけれど、夜九時を過ぎると空席も目立つようになる。わたしは眠れないときや文章のアイデアが湧かないとき、すっぴんに眼鏡でマクドナルドに駆け込んだ。夜遅い時間だからハンバーガーは頼まずに、熱い紅茶やコーヒーを飲んで読書や原稿書きに耽った。紅茶もコーヒーも、常にストレートで飲む。

マクドナルドで書きたくなるのは小説だった。わたしは小説を本格的に書いているわけでもなければ、人に見せたこともないが、夜のマクドナルドに座っていると短い小説を書きたくなった。それは、二階の窓から見下ろす駅前の人の往来であったり、近くに座っている人たちの会話を聞いて、架空の人生が浮かび上がってくるからだった。ある程度年を重ねてくると、人生の分岐点を何度か通過してきて、自分が選ばなかった人生のことを考えるようになる。もし結婚していなかったら、仕事を辞めていなかったら、大学に行っていなかったら……。小さな選択を積み重ねて、自分の人生を作る。わたしがこれから選ぶ人生について思いを馳せる。「逃げてたつもりがいつの間にか拳を振りかざし走ってた」という大森靖子の歌詞が思い浮かぶ。小説を書いていたら自分が自分でいられると、子どもの頃すがるようにノートに書き付けていた。そのとき魔法使いの小説にのめり込んでいて、「魔法が使えますように」と毎晩寝る前に祈っていた。わたしはとうとう魔法は使えなかったけど、魔法を使わなくても叶う願いはたくさんあった。マクドナルドの小さなテーブルで、止めどなくものを書いているときの充足感は、子どもの頃感じた陶酔を呼び起こすのに十分だった。

ひとり暮らしじゃなくなってから、マクドナルドに行く機会はほとんどなくなった。いまの家の近くにもマクドナルドは二軒あるし、いつでも行けるけれど、なんとなく足が遠のいている。三十代になり、体調が食生活にずいぶん左右されることを思い知り、外食の回数は減った。それに、自分で作るのも楽しい。夫が作る料理もおいしくて、自分が作りたくないときは、お願いすると意気揚々と作ってくれる。でもたまに、お酒を飲んだ夜、終電間際の時間に最寄り駅のマクドナルドで紅茶を一杯飲んで帰ることがある。そういうときはだいたいひとりで、読みかけの本のページを繰りながら、小一時間ぼんやり過ごす。わたしは重たい単行本を何冊か持ち歩く癖があり、それをいつも人に少し笑われる。でも、続きが気になる本を放置するなんてできない。かじりつくように読んでいる。

わたしはいつも本当はポテトを食べたいけれど、ポテトが揚がる音を聞いたら満足して、ゴミを分別して夫が待つ家に帰る。

豚ロースを隠す

我が家の冷蔵庫は、約一年前に買い換えた。以前は夫がひとり暮らしの頃から使っていたものだったので、ツードアで背も低い冷蔵庫だった。よく自炊する偉い夫ではあったから、いつも冷蔵庫のなかは野菜、肉、手作りのキュウリの漬物や牛乳が所狭しと詰め込まれていた。

夫の家の近所には激安の八百屋があった。七個五十円のタマネギ、三束で百円の小松菜、十五本で百円のバナナ……。どれも鮮度が少し落ちてきている品ではあったものの、食べるのに問題はないので、よく買っていた。安売りのグレープフルーツの山をふたりで分けたこともある。わたしは重たい柑橘を四つくらいリュックに入れて、自分のアパートまで持ち帰ったものだ。ママ友同士のような営みが、当時は好きだった。

わたしが夫の住んでいる家に引っ越して一緒に暮らし始めたころ、何度か例の激安八百屋には行っていた。冬だったので野菜も日持ちするから、行ったときには買い溜める。カモネギのようにネギをリュックに差して、帰宅する。みかんの箱買いもして、我々は冬の醍醐味と言わんばかりに贅沢に味わった。「みかん、もう一回箱で買おう」と言っていた一月の半ば、ひとりであの八百屋に行くと貼り紙が貼ってあった。前に通りかかったときにも貼り紙してあったので、正月休みに関する文面だと思っていたが、近づいてよく見てみると「閉店しました」と簡素に書かれていた。愕然として写真を撮り、当時まだ恋人だった夫に送る。返ってきたＬＩＮＥの文面から、そこはかとない悲愴感が伝わってきた。

それからは商店街のさして特徴のない八百屋を利用するようになり、激安八百屋のことは忘れることにして、わたしの料理に対する情熱は日に日に増していった。煮物も炒め物もどんとこいの日々だった。そんな折、洗濯機が壊れたのをきっかけに、大きな冷蔵庫を買った。ＶＥＧＥＴＡという、野菜室の野菜が長持ちするのが売りの冷蔵庫だった。大きい冷蔵庫になったのがうれしくて、しばらくは、冷やさなくていい調味料も冷蔵庫に恭しく入れてみた。物置きみたいな贅沢な使い方をしていたのである。ＶＥＧＥＴＡが来てからは、料理にもさらに熱が入った。作り置きをたくさん保存することができるのだ。わたしはおかずを作り続けた。おかずの入ったタッパーが、冷蔵庫のなかで何段も積み重なっていた。

しかし、大きな冷蔵庫が来て便利になると思いきや、不都合なことも起こった。たくさん入るからと食材を買いすぎて、奥深くに仕舞ったが最後、見えなくなって腐らせてしまうのだ。これはわたしたちの管理能力の甘さのせいなのだが、とんだ本末転倒である。血を流しているように汁を出して果てている白菜や、切ると金太郎飴のように中が真っ黒になっている大根を何度も供養してきた。自分は相当忘れっぽいので、買った食材はなるべく早く切るか調理することで、腐らせることを防ぐことにした。

一緒に住みだしてからというものの、わたしたちはなかなか忙しい生活を送っていた。ふたり揃ってゆっくり夕飯をとれる日が貴重な期間も長かった。だから、夜遅く帰ってくる夫より一足早く夕飯を食べて、さっさと寝る用意をする夜、というのを何度も経験した。夫が帰ってくる頃わたしは歯を磨いていて、隣の部屋で夕飯を食べている小さな音を聞きながら眠りにつくのだ。しゃくしゃくと、キュウリを嚙む音を聞いてなんだか安心した。

ある日の献立は、茄子と厚揚げの味噌炒め、小松菜とにんじんのナムル、キュウリと茗荷の梅和え、あさりの味噌汁、メインは豚ロースの焼いたのだった。豚は夫の好物で、甘く味をつけてみた。他のおかずの出来も含め、自信作である。米を何杯食べるだろうか。そんなわけないと知りつつも、念のため三合炊いておいた。そんな夕飯だったが、夫は帰る直前になって「今日夕飯食べてきちゃった」とＬＩＮＥで申告してきた。わたしは「りょうかい！」と短く返信を打って、豚ロースを冷蔵庫のいちばん上の段に隠して寝た。

わたしと（の）料理

わたしの日記を読んだ人が口を揃えて言うのは、「まりちゃん、料理頑張ってるんだね」ということだ。主に「夕飯の品数が多い」と言われる。確かに、副菜が四品くらいある日も多く、頑張ってるという称号を受けるのにふさわしいのかもしれない。一応説明しておくと、凝った料理は滅多に出てこず、簡単に作れるものをいくつも作っているだけだ。ナムルとバター醤油炒めと塩焼きの登場率が高いのはそういうことだ。ロールキャベツやポーチドエッグなどは、作ろうと思ったことすらない。お店で食べるものだと思うことにしている。揚げ物は、一度からあげを作ったときに生焼けだったのをきっかけに、以来拗ねて作っていない。揚げ物欲も、外食かお肉屋さんのお惣菜で満たすことにしている。料理好きなわたしの友だちだって、ハンバーグの肉ダネはお肉屋さんで買ったほうがいいと言っていた。全部作ろうと思うと大変だから、無理なくできるものだけ作ったらいいのだと思う。

　実家の母は料理が上手で、いつもお腹いっぱい食べていたが、そのぶん失敗したときの衝撃も覚えている。我が家は父の好みの影響か、パスタを食べることが少なかったのだが、ある日の夕食で突然カルボナーラが出た。普段パスタを食べないから、幼いわたしはカルボナーラが何かもよくわかっていなかったけれど、これがカルボナーラではないことだけはわかった。乳臭い小麦の塊のような、飲み込むのがやっとという食べづらい味だった。目に付いたものは何でも食べると言わんばかりの、破壊的な食欲を持て余していた成長期の兄たちも手が止まっていた。母も一口食べた後、慌てて「これは食べんでいい！」とごはんを炊いていた。

　これほどのインパクトはないが、母が寿司を握ったこともあった。夕飯に手巻き寿司やちらし寿司を食べることはよくあったが、握り寿司って家で作るものなんだ⁉　と驚いた。

何を思って寿司を握ったのかはわからないが、「今日はお寿司やけん」と言うので、できあがるのを待った。母が寿司を握るのは、恐らく初めてだったと思う。シャリが柔らかすぎて、箸で持った瞬間ぱらぱらと崩れてしまった。家族みんなで、柔らかい不安定な寿司を食べ続けた。

カルボナーラと寿司は失敗だったが、それ以外はいつもおいしかった。働きながらも毎日いろんな料理を作ってくれたし、わたしは女の子にしては食欲旺盛だった。母のオリジナルの料理があったことは、実家を出てからわかった。家庭内では「そういう料理」としてポジションを獲得していたものが、外食や他の家では一切出てこない、誰も知らない料理だったりする。そんな風に、食生活の違いを知るのはすごく楽しい。

大阪出身の母が食卓の覇権を握る我が家では、頻繁にたこ焼きとお好み焼きを食べた。どの家にも一台はたこ焼き機があると思っていたけれど、そんなことはなかった。兄弟が三人だったので、たこ焼きは一度に百個くらい焼いて食べた。子どもの頃から焼いていたから、竹串でくるんと回して焼くのはいまでも得意である。兄弟全員が巣立った実家では、年老いた夫婦ふたりでたこ焼きを食べることもないだろう。毎日一本はなくなっていた牛乳やジュース、三個入りのヨーグルトや五合炊きの炊飯器。休みの日の朝のホットケーキや、ハンバーグの付け合わせのスパゲティ。そういう食の習慣や細部の記憶が、自分のなかにずっと残っている。

わたしはひとり暮らしの期間が十年以上あり、しかしそのほとんどは料理をまともにしていない。東京に暮らしてしまえば手軽に外食もできるし、スーパーやコンビニのお弁当とお惣菜で事足りた。それに、アパートのキッチンも一口コンロで狭かった。狭いから料理しないのか、料理しないから狭くても良いと思ったのか、たまに作る料理はすごく簡単なものだった。とりわけパスタはよく作った。レモンクリームのパスタが特に好きで、野菜はほとんど買わないが、レモンは常に冷蔵庫にあった。ミートソース作りにはまっていた時期もあった。職場の年上の女性にコツを教えてもらい、多めに作って冷凍して食べた。食とは貯金のようで、忙しいときは作り置きしておいた過去の自分に感謝する。ひとり暮らしをしていた頃は若かったから、食生活が適当でも体調にすぐ響くことはなかった。一日三食食べることなんてほとんどなく、好きな時間に好きなものを適当に食べていたけど、あまり風邪もひかなかった。いまではそんなことは考えられず、冷蔵庫には納豆と豆腐とヨーグルト、野菜だって欠かせない。外食の翌日はサラダを山盛り食べるし、ごはんも十六穀米を入れて炊いたりする。

二十八歳くらいから、風邪を引きやすくなった。季節の変わり目には必ず体調を崩すし、風邪を引いたときに高熱と嘔吐を伴うようになった。コロナやインフルを疑った結果ただの風邪だった、というケースが数え切れないほどある。いままで「風邪気味」で済んでいた不調が、こんなに大袈裟な形で牙を剥いてくるとは思わなかった。少し忙しかったり寝不足のときに栄養が不足していると、そら見ろと言わんばかりに身体が不満を吐き出す。ここまで身体が正直だと、自分の生活を常に見直すことになる。お酒をやめられないのはわかっているから、せめて野菜や発酵食品をたくさん摂ろうと努めている。ただし、どれだけ気をつけていても体調を崩すことはあるのだけれど……。

夫が住んでいた家に引っ越してきてから、キッチンが広くなって料理しやすくなった。二口のコンロに感動し、冷蔵庫を買い換えたときの全能感に滾った。そして、料理を作れば食べてくれる人がいるということが、張り合いとやる気を引き起こす。夫は好き嫌いがほとんどなく、何でも食べてくれるので作るときにあまり悩まない。それがいつもありがたいと思う。残さず食べてくれるものだから、夫は少し太った。

しかし、料理は自由で、それが苦しいときもある。足し算ばかりじゃうまくいかない、引き算で発見されるおいしさもある。そして、料理は性格が如実に出る。たった一皿が、その人を饒舌に語る。自分の詰めの甘さが、野菜の不揃いな切り方に出ている。わたしが作るカレーは、大胆な切り方の具材がごろごろ入っていて、誰かに食べられるのが少し恥ずかしい。

「わたしは料理が好き」ということに嘘偽りはないけれど、「食べるのが好き」と言ったほうがより表現として合っていて、つまり「料理したあとに食べるのがいちばん好き」ということになる。自分が食べたいものをたくさん作って、栄養と味のバランスを考えながら品数を増やしていくのが、クリエイト精神を刺激する。日本食の幅広さ、懐の深さ。食べ合わせを考慮して味付けを変えるのは快感にも近いものがある。閃き、発見、恍惚に包まれる日々。キッチンでひとり興奮しながら、わたしは料理を作っていく。そして、食べるのが好きな食いしん坊の魂もあれども、おいしい料理を作れたときの感動もまたひとしおなのである。何かを作ること、作れたことが、小さな自信を生み出しているとも思う。それは普段自分が文章を書く仕事をしていることと、通底するものがある。料理でなくとも、何かを作ったり挑戦していくことで、少しずつ自分を作っていけるという実感が確かにある。

「料理にバターをケチらずに使うようになってから、人生が好転している気がする」というようなことをSNSに書いたら、飲み仲間のMさんが反応してくれた。美味しいものが好きで、わたしに食の文明開化をもたらしてくれた彼女は、「バターは思い切って使ったほうがいい」と激しく同調してくれた。Mさんと飲みに行くと、たくさん食べて飲むことをいつも褒めてもらえる。Mさんとふたりで食べ物について延々と語っている穏やかな時間は、心がほどけてありがたい。異国のおいしい料理を再現してくれる、天才的な味覚を持つスナックのママの料理教室に連れて行ってくれたのもMさんだ。食いしん坊なのに食に対してかなり保守的な自分が、この料理教室では知らない味を取り入れる楽しさを教えてもらった。料理を正しく作ることも大切だけど、おいしく食べることを教えてくれたことは一生忘れない気がする。物語を作るように、おいしい記憶で身体を満たしていきたい。

素うどんとハーゲンダッツ

熱を出すのが好きだ。四十度を超えるとさすがにつらいが、三十九度くらいまでは気持ちいい。身体に侵入してきた菌を熱でやっつけている感じ、汗をたくさんかいて水分をがぶがぶ摂取して吸収されていくあの感じ、寝ているしかない無力な感じ、全部ひっくるめて大好きだ。熱が引いて、まだだるさの残る身体を引きずって、久しぶりに外の空気を吸う、あの焦れったい瞬間もいい。そうそう、熱が出てうなされているときの変な夢も。そして、「絶対に熱がある」と感じ取って体温計を脇に挟み、平熱だったときにがっかりする妙な気持ちも。ひとりでのんびりするのが好きだから、「熱があるから休むしかない」という状況に、子どもの頃から甘えていたのだと思う。

子どもの頃、特別身体が弱いわけではなかったけれど、よく熱を出した。風邪を引いたら四十度前後まで高熱を出すのが常で、でも第三子だったから、親が慌てている様子はそんなに感じなかった。それでいつも安心して熱を出した。幼稚園で高熱を出して親の迎えを待っていたとき、給食のメロンパンを片手に園庭を眺めていたこと。学校を休んで観ていた情報番組、主婦が観るような少し過激な内容のバラエティ、おでこに手を当てる母の冷たい手から漂う生姜の匂い。火照った肌にその冷たさは心地よく、うとうと眠りについた。もっと記憶を遡ると思い出すのは、小児科の丸椅子のカバーに貼ってあったゾウのワッペン、粉薬の変なオレンジ味、注射を頑張ったときにもらえるシール。お医者さんが机の一番下の引き出しからポケットティッシュを出すこともあった。キャラクターの柄が入っていて、ほのかにいちごの香りがした。兄が熱を出したときに病院で処方されたトローチを、わたしはいつも欲しがった。半分だけ、と言われて口に入れられた割れたトローチのざらざらを舌で撫でながら、それはそれは、特別なお菓子のように味わった。

家族で鳥取にスキー旅行に行ったとき、前日の晩にわたしは熱を出してしまった。楽しみすぎて熱を出したのだと思う。そんなに高い熱でもなかったから、そのまま出かけたのだけど、結局熱は下がらずに、母と部屋で過ごした。覚えているのは、昼の三時くらいに母とホテルのレストランで食事をしたとき、出てきたカレーが小さな子どもでもわかるくらいまずかったこと。具材が小さくて味の薄いカレーだったから、もしかしたらレトルトを適当にチンして出していたのかもしれない。それにしてもまずくてがっかりして、でもふたりで笑った気がする。

わたしの実家では、熱が出たらハーゲンダッツを食べる。レディーボーデンのときもある。食欲がないときでも食べられて、ミルクは栄養価が高いから、というのが理由である。だからハーゲンダッツのバニラを食べるときいつも、「風邪のときの味だ」と思う。熱を出しているときに朦朧としながら舌に溶かすアイスクリームの味。そしておかゆやおじやに並んで、素うどんもまた、風邪のときの食べ物であった。うどんが好きな一家だったから、何かとうどんを食べていたのだけれど、風邪のときはつゆに白い麺が浮いているだけの素うどん。食べ終わったときに何も残らないのが変な感じで、でも不思議な達成感があった。

結婚したいま、わたしの生涯の伴侶は熱が出たらとにかく厚着をしろと言う。Tシャツを何枚も重ねて、靴下も重ね履き、布団も三枚くらいかけて寝るように指示が出る。寒がりなわりに厚着が苦手なわたしには苦行で、いつも渋々従う。起きてトイレに行ったり水を飲んだりするたびに「着替える？　汗かいた？」と聞かれ、着替えさせられる。そこまでは良いが、いちばんつらいのは「冷たいもの禁止」と言われることである。ポカリを冷やして飲むのも禁止（おそろしいことに夏でもテーブルの上に放置）、ゼリーならいいけどアイスクリームは論外。ショックだった。「とにかく身体を温めて汗を出し切って治す」が夫のやり方であるが、常温の食べ物や飲み物が苦手なわたしにはこの上なくつらい。しかし、自営業で一緒に過ごす時間が多いわたしたちは、風邪を引くと共倒れになることが多い。昨年はふたり仲良くコロナに感染して、老老介護のように冷えピタを貼り合った。

風邪をひいたとき夫が作ってくれるうどんは、人参や長ネギ、油揚げ、ごま、卵、生姜のすりおろしが入った具だくさんのもので、切ってくれるリンゴや梨は包丁ではなくピーラーで皮を剥いている。野菜も果物も小さく切るのが彼のやり方で、具材を大胆に大きく切るわたしとは随分と違いがある。この具だくさんのうどんや常温のポカリが、熱を出したときの甘やかな思い出になっていくのだろうか。それは苗字が変わることより、もっと重大なことのような気がする。

笛を落とす

空になったペットボトルに口を当て、息を吹いて音を出してみる。さっきまでルイボスティーが入っていた容器は、その香りを色濃く残しながらも低い音を立てる。フルートの音が鳴る原理だ。そのペットボトルの音が美しいかはさておき、初めてそのことに気づいた人の感動を想像する。そして、息を吹けば鳴る何かに穴を空けて、その穴を塞いだら音が変わることに気づいたときはどれだけ驚いただろうか。低い音、高い音、ビブラートにトリル。わたしがフルートを奏でていたのは十五年も前のことなのに、指使いまできちんと覚えている。一度覚えたことは、なかなか忘れられないのだと思う。

中学二年の頃始めた吹奏楽は、ひとりピアノを弾くばかりだった自分の音楽生活に、大きな衝撃を与えた。何十人もの音が重なり、ひとつの曲を完成させた瞬間、それは経験したものにしか語れないような、格別な心地よさと興奮に包まれていた。楽譜が読める、ピアノが弾けることで半ば強引に入部することになり、やるならパーカッション、と思っていたのに、やめた部員の穴埋めでフルートになった。打てば音が鳴る（音色、という言葉はあとで知った）ティンパニやスネアドラム、マリンバを触ったあとで、フルートの音の出なさというのは、この先の苦労を想像させるのに十分な要素だった。唇を歌口（うたぐち）に当てて、息を吹くだけなのに、楽器は長い間鳴らなかった。息を吐く音だけが虚しく消えゆくのを、何回繰り返しても、みんな諦めさせてくれなかった。がんばれ、がんばれ、がんばれ。前向きな応援だけでなく、全体の基礎練習のときは、後ろの金管楽器のほうから舌打ちが聞こえることもあった。そういうときはもっと力が入って、楽器どころではなくなってしまう。静かな音楽室に、わたしの息の音と先輩の舌打ちがよく響いた。そのどちらにも音色があった。

それが絶対に正しかった、とは言い切れないけれど、わたしは猛練習した。その胸中には、「フルートを吹けるようになりたい」という願いより「みんなに迷惑をかけたくない」という焦りが先立っていた気がする。半ば無理矢理入れられたような場所で、それでも転校生だったわたしは、頑張るしか道がないと思った。その頃は朝四時に起きて、校門が開くのを毎日待っていた。ほとんど人のいない校舎の廊下で、譜面台を立てて足下にメトロノームを置く。チーッタッタッタッ、チーッタッタッタッ。BPM六十のテンポが、いまも染みついて離れない。あまりにも音が出なくて呆れられてもいたけれど、同じパートの先輩がものすごくやさしい人で、朝練も昼練も個人練も付き合ってくれた。一度音が鳴らせるようになってからは、上達するのが速かった。

フルートという楽器は花形だった。「吹奏楽の花形」はトランペットだと言われているが、木管楽器のなかだとフルートは「おいしい」パートだそうだ。基本的にはメロディの主旋律を担当するし、合奏するときの席も前のほうで目立ち、ソロパートも多かった。しかしその実、かなりの肺活量を要する楽器でもある。華やかなようで、毎日走ったり筋トレするような泥臭い努力も必要だった。ほかの楽器の子たちに羨まれながらも、でもわたしはフルートが一番いいとは思えなかった。音が出てからも、音が出なかった頃の思い出が顔を出す。音が出るまで時間がかかったせいで、楽器に拒絶されたかのように傷ついていたのだ。そして、ある程度までは上達しても、努力だけが実を結ぶ世界ではない、とうっすら気づいていた。それは、同じ部内にいる天才のような人々を目の当たりにして思ったことだった。

幼い頃から楽器を習っていて、部活以外の時間にもレッスンを受けている部員は何人かいた。同じパートにいた、オーボエの後輩もそうだった。彼女は有名な先生に月二回、自宅でレッスンを受けていた。その後輩のお姉さんもオーボエ担当のOGだった。彼女たちが、何十万円もするような楽器を中学生の時点で買い与えられていたことをたまに思う。でも、年月や練習を重ねて順当に上手になった部員よりも、もともと素質や才能があって、熱心に練習していなくても先生を唸らせるような演奏ができる部員のほうが目立った。不良グループと関わりを持ち、授業をサボり教師と衝突するような日常を送っていても、やたらにチューバが上手くて重宝されていた部員や、気まぐれですぐ練習を休むのに、でも素晴らしい音色だからと、大事な演奏会でソロを任されていたクラリネットの部員。毎日休まずに練習して真面目にやっていても、いつまでもソロやファーストの機会に恵まれない、セカンドやサードの部員。練習に参加していなくても、上手ければ演奏会に自分の席はある。努力することや高め合うことの尊さを教えるはずの学校で、でも現実はこうだった。そんな社会の成り立ち方を部活で思い知った。

ピアノをやっていた成果か、わたしは指を動かすのが速かった。運指、という。速いテンポの曲も、吹けるようになるのは速かった。でも、吹けるだけだった。音程も合っていて、楽譜記号や音の長さ、リズム感や運指が完璧でも、それ以上の域には到達しなかった。自分の演奏には、人を感動させるような要素がなかった。それだけは、どれだけ長い時間練習しても手に入れることができなかった。積み上げた時間だけが成すものではないと理解することもまた、速かった。音楽とは、芸術とは、そんな浅いものではない。好きだからこそ、痛いほどわかっていた。

わたしが所属していた吹奏楽部は、相対的に見れば上手な集団だった。顧問の先生も、その世界ではよく名が知られている人で、夏のコンクールもある程度までは毎年進出していた。しかし、だからといってよくテレビ番組で特集されるような、熱血吹奏楽部の恐ろしい顧問、のような人ではなかった。声を荒らげて音楽室から出て行けとも言わないし、演奏の出来が悪くて指導を中止するような人でもない。常に理性的だった。曲の練習以上にじっくり基礎練をさせることや、本番を意識してホールで何度もリハーサルを重ねること、楽器を演奏することと演奏を聴かせること、その両方を常に教えてくれた。人柄はユニークで、畏れ多くて近づけないような雰囲気ではない。むしろ、休み時間には部活外の生徒も先生にまとわりついていた。そんな先生に、「惚れ惚れするようなソロ」「NHKの楽団に入れる」と褒められている部員が心底羨ましかった。そこには顧問と部員の垣根を越えた、なみならぬ尊敬が感じられた。そして、部活というのは、ひとりの人間の才能を否が応でも見せつけられる場でもあった。感情を動かすのが音楽であるはずなのに、奏者の感情だけでは人を感動させられない。いまから血の滲むような努力をして、朝も昼も晩も楽器を練習して、それでもプロの奏者になれるのはほんの一握り。高校に進学しても楽器を続ける人は何人だろうか。楽器を続けるために高校へ進学する人は何人だろうか。「楽器推薦」という言葉を、わたしは喉から手が出るほど欲しがった。

がんばれ、がんばれば、がんばっても、がんばれない。コンクールの課題曲の楽譜を、どれほど音楽記号で真っ黒に塗りつぶそうが、「諦めない」「集中」と大きく書いていようが、誰かに絶賛されるほど上手にはならなかったし、なれなかった。難しいと言われているハイトーンを確実に決めるトランペットの先輩や、見事なドラムソロで場の空気を持って行く同期の存在を、憧れつつも恐ろしく思っていた。癖のある外部講師に気に入られ、個人レッスンを受けるまで才能があったチューバの男子は、普段は煙草を吸っている。校則で禁止されているピアスを空け、「腰パン」で床に引きずるズボンを穿いていた。練習だってまともに来ることは少なく、でもそんな生活の不真面目さは、楽器を奏でることの前では、至極どうでもいいことだった。もしかしたらチューバが、彼と学校生活を繋ぐひとつの命綱だったのかもしれない。じゃあ彼のチューバが下手だったら、と考えてみたけれど、それがイメージできないくらい彼の音は楽団を支えていた。長い前髪から覗く悪い目つきは指揮棒をよく捉えていて、わたしの席からはよく見えた。

大人を唸らせるほど上手くても、その全員が高校でも楽器を続けるかと言われたら、そうでもなかった。記憶では、半数ほどは中学と同時に音楽人生も手放していた。わたしには、喉から手が出るほどほしかったその才能を、簡単に捨て去ることができることに、また悔しさを感じた。悔しすぎて、その感情をそのとき誰かに表明したことはない。かっこ悪いから。その才能を生かせばきっと名声が得られ、自分の居場所を作ることができるのに、それに拘らずに生きていけるのが羨ましかった。実のところ、才能を生かし続けるのを「簡単に」捨て去ったかは、その人自身にしかわからない。家庭の事情で楽器を続けられなかった人もいると思う。しかし、楽器が上手いことは、自分にとって何にも代えがたいほど尊い才能に感じ、勉強やスポーツができなくても、それさえあれば生きていける強い魅力のような気がしていた。そのくらいわたしは音楽が好きでいつも感動して、だから自分がその世界で生きられない気配を感じ取ることが、十五歳の心には耐えられなかった。

入部してから二年連続で夏のコンクールは県大会で落ち、少人数編成で演奏するアンサンブルコンサートでは、市で一番の成績をおさめたが、それも県大会で落ちた。ソロコンクールにはもちろん推薦されないし、高校に進学するには一般受験をするしかない。それでも、吹奏楽部に入ることを視野に入れて高校を探すことも多々あった。コンクール常連のところ、私立で部員が二百人いるところ、他県でも有名なマーチングバンドが存在するところ。その頃わたしはフルートのみならずピッコロという楽器も担当しており、楽曲によっては持ち替えて演奏していた。小さくて軽いのに破壊的な存在感を放つピッコロの楽しさもまた、わたしの諦めの悪さを加速させた。まるきり下手くそで素質がない、というわけでもなかったことが、なおさら苦しかった。高校でも続けるならピッコロを頑張りたいと思い、百万円もする楽器のパンフレットをいつも授業中に見ていた。親がそれを買ってくれるのではないかという希望を抱くほどには、自分は愛されていたのかもしれない。あの楽器の軽さがいまでも手に残る。それを演奏会で吹いているときの高揚も、色褪せるどころか濃くなるばかりだ。木製のピッコロには、汗が染みこんでいる気がしていた。

最後の演奏会で立つステージの明るさと暑さは、「見られている」という意識を存分に掻き立てた。照明が強いと、楽器が熱くなってチューニングが狂いそうになる。床の木目や、革靴の足音、観客席の咳払いや照明を反射する楽器の輝き。練習の時はドラムのスティックを譜面台に叩きつけてリズムをとっている先生だから、いつもその破片が飛んできて、わたしのスカートの膝には木片が散っていた。本番では指揮棒を使うので、空中に振るだけではもちろん、音がしなかった。練習は本番のように、本番は練習のように。吹奏楽部なら嫌というほど聞いてきた言葉を、やはりわたしたちは舞台袖で言い合う。

観客席にはびっしりと、米粒のように人が詰まっていた。先生の癖は力が入ると「シュー ッ」と吐息を漏らしてしまうことで、何か月もかけて練習して仕上げた一曲は、本番ではあっけないほど早く終わることだろう。後ろから聞こえる金管楽器の晴れやかな音、粒の揃った木管楽器のユニゾン、タイミングがばっちりのパーカッション。完璧に思えた演奏だったが、中盤に差し掛かるところでどこからかリードミスの音が聞こえ、先生の表情が微細に曇るのを読み取る。トロンボーンのチューニングも狂ってきた。誰かの気持ちがたわむ瞬間を感じ取る。何かが折れたように、この曲の未来が見えてしまう。

その後、一分十二秒のフルートソロを、わたしは失敗する。あれだけ軽やかに動いていた指が、まるで腱を切られたように意思を持たなくなり、頭の中で絶えず流れていたはずのメロディーを消失する。主旋律を失った楽団は、不気味に伴奏だけを続ける。曲がどんどん展開していくのに、自分だけが置いていかれたように、いや、立ち止まっているように、呆然と楽器を構えている。裏打ちするホルンの軽やかさと、二拍三連のリズム、泣きのメロディー。わたしは毎日毎日、なにを捧げてきたのだろう？　指揮者とも目が合わない。客席にいる人の表情も見ることができない。そうやってひとつずつ、喪失を手にしていった。

吸収と放出（一）

「ゆら帝を好きじゃない人とは付き合えない」と、ふと友だちが言ったことがある。「そんなの絶対話合わないよ」と真っ直ぐな瞳で力強く言った。わたしは「それはほんとにそう」と語気を強めて同調した。ゆらゆら帝国というバンドを好きか好きじゃないかは、自分と好みが似ているかを判断する踏み絵のような質問だった。ただしわたしの場合は、それがスーパーカーでもナンバーガールでも良い。そのいずれかが好きな人だったら話は合うだろうという方程式が、自分の人生を積み重ねていくにつれ、確かなものとなっていった。そうやって、好きなもので絆を固めていく時間が、尊いものだと思っていた。

高校一年生の春、「バンドをやって生きていこう」と心に誓った。自分が受かった高校には、中学生のとき所属していた吹奏楽部はなく、どの部活に入るか少し悩んだ。そういえば中学一年生の頃、陸上部に入ろうと思っていたのに、当時その中学に陸上部はなかった。自分の運の悪さを、じわじわ感じていたのもこの頃だ。今さら運動部は無理だと思ったし、文化部が元気な校風でもなかった。しかし、軽音楽部の小柄な三年生女子が、ジュディマリの「Over Drive」をバンドで歌っている様子を見て、すごく心が華やいだのを覚えている。いま思えば、歌と楽器の音のバランスも良くなかったし、アンプの調子だって悪かったのだけど、でもパワーがあった。ピンクのワイシャツに、学校指定でないリボンをつけ、ブリーチして傷んだ髪をかきあげながら歌う先輩の存在は、わたしの胸を射止めるのに十分だった。軽音楽部に入部届を出して、まだ髪の毛も染めてない幼い一年生同士でバンドを組んだ。あの先輩に憧れてボーカルを志願した。ギター担当になったなっちゃんという女の子と、放課後にチェーンの楽器屋にギターを買いに行った。わたしもギターを弾けたらいい、と思って買うことにした。「どれが何だかわかんない」と言いながら店内をぐるぐるして、店員の若いお姉さんにいろいろ聞いて、初心者用セットを買った。まだバイトの給料が入るか入らないかのときで、お金はなかった。二万円也。

いま思えば二万円もしないギターなんておもちゃみたいなものだけど、ろくに弾けないのだからギターの形さえしていれば良かった。なっちゃんは、ピンクのギターだった気がする。精神性がギャルのなっちゃんは、かわいさ命、だった。わたしは色違いの赤だった。長い年月音楽をやってきた自分でもバンドはまた全然違う畑で、難しかった。かつて吹奏楽部で必死になって練習していたことは、ほとんど出てこない。クレッシェンドとか、フォルテッシモとか、そんなのはもうほぼ関係ない。コードを覚え、音を作り、ひたすら練習すること。ギターを背負って通学したとき、気恥ずかしさと自信で満ちていた。初心者用セットに付いてきたペラペラのギターケースの、ネックの部分を握ったときの感触を、まだ忘れていない。

わたしたちのバンドは、ＳＨＡＫＡＬＡＢＢＩＴＳというバンドのコピーを主にやっていた。ジュディマリも大好きだけど演奏するぶんにはかなり難しく、その点ＳＨＡＫＡＬ

ABBITSは比較的簡単な曲も多く、かっこよくて、程よくマイナーで他のバンドと被らない（この「程よく」が大事だった）。軽音楽部あるあるかもしれないけれど、ライブに向けて練習していて、バンド同士で曲が被ることは避けたい事態なのである。どの世代にもウケる定番のバンドや曲はたくさんあり、それはGOING STEADYの「愛してくれ」であったり、THE BLUE HEARTSの「TRAIN－TRAIN」であったり、GO!GO!7188の「こいのうた」であったり……。わたしが高校生になった頃は、Hi－STANDARDなどの青春パンクブームが斜陽になりつつあった。心のままに歌って暴れる汗臭い音楽ではなく、複雑な演奏にアンニュイな男性ボーカルの声が乗った音楽が時代を席巻するようになった。わたし含む同世代の多くは、RADWIMPSが「誰も端っこで泣かないようにと／君は地球を丸くしたんだろう」と歌った曲にいたく感動していた。少し弱々しくも哲学的に愛を説く歌詞は男女問わず人気だったし、そのクールな佇まいも含めて「新しいバンドマン像」として大いに受け入れられていた。野田洋次郎はわたしたちの神だった。しかし、楽曲の難易度は非常に高く、容易にコピーできるバンドではなかった。

当時、思い出せる限りだと、東京事変（これも難しい）、ELLEGARDEN（RADWIMPSに負けず劣らず人気）、THE BLUE HEARTSなどが、ライブのたびに演奏されていた。曲やバンドをそれなりにみんな知っている、ということが、コピーバンドの肝であった。

SHAKALABBITSは、バンドが好きな人は知っているけど、そうでもない人からすれば知名度の低いバンドだった。活動時期も、わたしより一回り上の世代が知っている感じで、ジャンルでいえばパンク。奇抜な恰好をした女性ボーカルが跳ねるようにフロアを飛び回り、客席もモッシュやダイブは当たり前の、激しいライブを見せる。わたしは中学生の頃にSHAKALABBITSのCDを買って衝撃を受け、何度も何度も聴いていた。スラップベースと巻き舌の高音のボーカルの融合が、新しい風のように自分の頭のなかを吹き抜けた。どこか懐かしいメロディや、切ないコード進行を聴くたびに、胸がぎゅっとする。いつでも、いまでも。

「思い出すたびに強くなってゆく／確かなものココへ突き刺して抱いてた／あの日の言葉を忘れてしまうの？」というサビの、切なさと愛おしさ。放課後の視聴覚室で、バンドの音を鳴らしたときの胸の高鳴りをずっと覚えている。これが青春じゃなかったら何なんだろう、そう思った。バンドのことを、音楽のことを考えると、目の前がワントーン明るくなって、スノードームをひっくり返したように煌めいていた。その美しい瞬間を、わたしは大人になっても忘れられずにいる。

五月の新緑の瑞々しさと爽やかな風、晴ればかりの気候も、逸る気持ちを際立たせた。朝起きるのが苦じゃないくらい、寝ている時間ももったいないくらい楽しかった。いま思えば高校時代は、学生生活で一番好きな時間で空間だった。相変わらず勉強のほうは国語以外ダメで、遅刻も多かったわたしに先生たちの目は厳しかったが、それを差し引いてもクラスの雰囲気が良いのが楽しくて、閉塞感のない朗らかな友人関係がそこにはあった。体育会系の生徒が多く、文化系で、それも髪を染めてピアスも空いているわたしは少々浮いていたが、昔からそう呼ばれていたみたいなあだ名で接してくれて、みんな和気藹々としていた。休み時間に、お調子者の男子がキレた先生の真似をするときの一瞬の静まりと大爆笑、先生たちもびっくりするくらいクラス中が笑っていた。荒れた中学に転校していつも落ち着かない日々を送っていたわたしにとって、毎日穏やかに過ごせる高校は天国のようで、そのときのクラスメイトには感謝しかない。窓ガラスが割れるのが日常、みたいな恐ろしい現実をサバイブしてきたから、高校生活では心がざわつくようなことは何も起こらなかった。

部内のすべてのバンドで、放課後の視聴覚室をスタジオ代わりに使っていた。それなりのバンド数があったので、だいたい週に一日か二日、一時間程度しか練習できなかった。ライブ前でもっと練習が必要と判断すれば、近くのスタジオを借りて、夜に練習した。視聴覚室の順番が回ってくる前、放課後の空き教室でバンドメンバーと時間を潰す。だいたいいつも、近くのローソンに行っておやつや飲み物を買って、各々楽器を練習したりしなかったり。練習やライブに向けて決めることをミーティングするのもこの時間だった。やりたい曲を共有するのに、ウォークマンにイヤホンを挿して聴いて、自分たちにできそうかどうか話し合う。当時はサブスクもなかったから、CDを「焼いて」、メンバー間で貸しあった。この頃に友だちが焼いてくれたCDを、いまもなんとなく捨てられずにいる。教えてもらったのは、レッチリやトライセラトップス、シャーベッツ。姉や兄がいる同級生は音楽の知識が豊富で、新しい風を吹かせてくれた。わたしはナンバーガールやミドリが大好きで、YUKIは毎晩聴いて寝た。名刺交換のように好きな音楽を教え合っていた時期のことは、きらきらした思い出として大事にしている。そして、音楽に生かされてきた事実も、確かだった。

占いなんかで

「占いなんかで愛をはかるように／裏切りあったっけ僕ら」というスーパーカーの歌詞がたまらなく好きで、こんな詞を書ける人は他にいないと思う。「占いなんか」と言い切る様が不敵でいい。

そういえばわたしは、三十歳になったくらいから占いを一切見なくなった。前まではしいたけ占いとか、姓名判断とか、そういう類のものが大好きだった。占いに半ば振り回されていたし、振り回されたいと思っていた気がする。何かのせいにしたいって、若い自分はそう思っていた。

学生時代に読んだ小説で、主人公が占い師になる話があったのだが、作中で「占いなんて誰にでも当てはまることをそれっぽく言っておけばいい」と語っていて、それはわりと真理ではあるけれど、その作品を読み終わったあとも占いを信じた。朝のニュース番組の星座占いに一喜一憂して、雑誌の占いコーナーを真剣に読み、字画が良くなるようにつけられた自分の名前がいつか変わることを恐れた。わたしはなんでも信じやすい。よく言えばピュア、悪く言えば騙されやすい。だから、乙女座の性格がだいたい「几帳面でロマンチスト」と記されているのを真に受けて、「わたしは几帳面でロマンチストなんだ」と思っていた。ロマンチストは半分合っているかもしれないけれど、「A型を名乗るな」と言われるくらい大雑把である。子どもの頃は、血液型占いというのも流行っていた。幼稚園児を血液型ごとにクラス分けして、性格の違いを観察する、というような番組もあった。しかしわたしが大人になる頃にはそんな文化は廃れ、血液型を聞かれることも、そういえばなくなった。じゃあ星座占いも、いつかなくなるのだろうか。

子どもの頃愛読していた少女漫画誌にも、よく占いの特集は組まれていた。動物占いやソウルナンバーも、ここで学んだ。「おまじない」もたいへんに流行っていて、恋のおまじないというのを、いまでもいくつか思い出せる。新品の消しゴムに好きな人の名前を書き、誰にもバレずに使い切ることができたら両思いになる。好きな人の名前の文字数だけ、シャンプーをプッシュして使うと付き合える。そういう些細なことを、みんな一生懸命に試していた。進学するときにそれらの漫画誌は捨ててしまったけれど、他にどんなことが書いてあったかもう一度見てみたい。健気でかわいい世界が、そこには広がっていた気がする。

ひとり暮らしをしていたある日、仕事終わりに西友で買い物をして、重たい袋を下げて家に帰ろうとしていた。そのとき住んでいたアパートは駅前にあり、なかなか便利なところだった。駅前過ぎて、電車の音がわずかに聞こえるのが難点だっただろうか。夕飯の材料を買って、レジの長い列に並び、豆乳と牛乳を欠かさず買うものだからいつも袋が重い。銀行の前を通ったとき、手相占いの人がいることに気づいた。この街に住んで長いが、確かに何度かこの人を見ていた気がする。銀行が閉まっている夕方六時頃から、しれっとお店を出しているのをずっと見てきた。しかし見てきただけで、つまらない風景みたいに無視してきた。

その日はなんだか無性に気になり、つかつかと近づいて「お願いします！」と言ってみた。その占い師はおじいさん寄りのおじさんで、「いいですよ」と短く答える。「何を見てほしいですか？」と聞かれたので、「仕事と恋愛」と言う。以前、やっぱり一年前くらいに見てもらった姓名判断では、「三十二歳くらいで一度人生がめちゃくちゃになる」というようなことを言われて、それなりにショックを受けた。しかし、それを常に頭において考えるほど三十二歳は近くなかったので、風化したようになっていた。今回のおじさんが診断してくれたことを要約すると、「仕事はまあまあうまくいくし、結婚もする。子どもをふたり産んだほうがいい」ということだった。いま思えばその年代のおじさんが言いそうなことをそれらしく伝えてきただけだった。

しかしそのときのわたしは、三千円払ったのでそれを「予言」として信じようと思ったのか、「じゃあ、そうします！」と勢いよく返事した。西友の買い物よりかかったお金を払い、立ち上がったところで、「あ、それと……」と引き留められる。「前髪は、分けたほうがいいですね」と髪を分けられた。そのときはありがたがったけど、やはりそれはおじさんの好みだったんだなと思う。

その占いのことを、わたしはしばらく忘れていた。仕事のときも結婚するときも、それが脳裏をよぎることすらなかった。出版して、結婚して、一息ついたくらいで急にそのことを思い出した。あの占いに関して、「適当なことを言われたんだな」と苦笑いしたくなるが、「行かなきゃよかった」とは思わない。あのときの自分は何か不安な気持ちを抱えていて、占いに頼ったのだと思う。不安がすべて解消されたわけではないが、少し楽になったのだろう。不確かなものが心を支えることもある。それは必要なときにふっと、手を貸してくれる。

吸収と放出（二）

吹奏楽部にいた頃も、大人数で演奏することの楽しさや心地よさを感じていた。ひとりきりでピアノを弾いていた自分にとって、それは革命的でもあったのだ。しかし、バンドの素晴らしさは、大きな音を出すことの爽快感やカタルシス、というものに留まらず、日本語の歌詞にも感じていた。文学が好きだった自分にとって、歌詞の抒情性もまた、その曲の世界に引き込んでくれる大きな要素であった。

繊細な歌詞とロマンティックなコード進行、さらに激しい演奏、がわたしは大好物だった。「女の子がボーカルのコピーバンド」と言うと、「ああ、チャットモンチーとか？」と聞かれることが大いにある。これも、同世代の軽音楽部あるあるだった。チャットモンチーをろくに知らなかった頃、偏屈な自分はそれが嫌で嫌で、なんてワンパターンなんだ、といつも憤っていた。いま思えば、それは誰のせいでもない。時代の功罪とも言える。少し前だったらそれがジュディマリで、PRINCESS PRINCESSだったはずだ。聴いていないうちは「高音のかわいい声の女性ボーカルで、ふわふわしているんだろうなあ」と偏見を持っていた。しかし、チャットモンチーは歌詞がすごかった。いまではエッセイストにもなった「くみごん」こと高橋久美子が書いた歌詞は、国語教師を目指していたとはいえ、凄みのあるものばかりだった。それを知ったのは、バンドメンバーの薦めでも友だちの薦めでもなく、現国の授業だった。

軽音楽部顧問の吉沢先生は、国語教師だった。

五十歳くらいの男性で、いつも微笑みをたたえているのと裏腹に、キレると一番やばかった。一番後ろの男子が授業中におしゃべりを止めず、先生は「おい!!」と窓が割れそうな声量で怒鳴った後、なぜかみんなの机の上を靴のまま歩いてその生徒のところまで到達した。なぜ机の上を歩いてくるのか。いま思えばツッコミどころではあったが、あのイカれた先生を前に、みんな圧倒されるしかなかった。そのときのことは伝説のように語り継がれた。そんな少しの狂いを見せる先生だが、授業は自分の趣味丸出しで自由にやっていた。尾崎豊のライブ映像、クロマニヨンズのライブ映像、そしてチャットモンチーのライブ映像。一応「歌詞を読み解く」という意図があって、プリントの裏に歌詞を書き写すことがあった。そこで知ったチャットモンチーの歌詞は、自分が想像していたより暗くて湿度のあるものだった。

「バラのトゲを見ていたら／あなたの心の寂しさが」（ハナノユメ）

「二人よがりになりたいな／当たりくじだけのくじ引きがしたい」「二人ぼっちに慣れようか／逆算はできなくてもいいから」（恋の煙）

いずれもマイナーコード（短調）の曲だが、その詞のパンチラインは際立っていた。十五歳の自分にはかなり衝撃的だった。比喩の美しさと言葉の余韻を、何日も反芻していた。

その暗い感じが好きで、すぐにＣＤを買った。わたしのバンド内でも、チャットモンチーの暗い曲ムーブメントは起こった。曲自体もかっこよく、演奏していて気持ちよかった。「シャングリラ」や「女子たちに明日はない」みたいな爽やかでポップな曲も人気があったけれど、わたしたちは暗い曲を選び続けた。歌詞なんて誰も聴いていなかったかもしれないけど、それでもよかった。

吉沢先生とは、妙に馬が合った。視聴覚室の横に「国語科準備室」という吉沢先生しか使っていない部屋があって、授業をさぼりがちなわたしはよく遊びに行った。厳しい先生と思われがちだが、実際はそうでもなかったのかもしれない。先生はお菓子をくれ、一緒にパソコンでライブ映像を観たりしながら、授業で使うプリント作成の手伝いをした。先生はそんなわたしのことを「アルバイトの人」と呼んで笑っていた。たぶん他の先生たちは、わたしがそんな時間を過ごしているなんて知らなかっただろう。秘密基地のような空間で、バンドや好きな本の話をしているときの吉沢先生は、親友のようだった。

いまはこう思う。先生の中にだって集団に馴染めない人もいたのだろう、と。職員室の空気が好きじゃない、ひとりになりたい、そう思う先生がいるのはごく自然なことだ。でも、当時は不思議で仕方なく、吉沢先生って変わってるんだな、くらいに思っていた。

思い出すたびに層を重ねて、厚く、奥行きが深まり、記憶は時間が経つにつれて尊さばかりが美しく光る。対生徒、ではなくて、対人間、として扱ってくれたことが、まだ半分子どもの自分にはありがたかった。

寿司とビール

わたしが二十五歳の時、父方の祖母が亡くなった。九十二歳の大往生であった。風邪か何かをこじらせて亡くなったらしい。身近な人の死というものは、中学生のときに父方の祖父が亡くなって以来だった。そのときは制服で参列したものだから、わたしは喪服を持っていなかった。真冬で荷物も多くなると思い、慌てて大きめのキャリーケースと喪服を買いに行く。東京から福岡への航空券を取ったり、仕事の休みを連絡したりと、とにかく忙しかった。東京ではその日、雪が降っていた。

西鉄福岡で、同じく県外から駆けつけている兄たちと待ち合わせする。わたしが一番乗りだったので、駅のサンマルクでコーヒーを飲んで待っていた。そのときに限って、なぜか『死にたい夜にかぎって』という本を読んでいて不謹慎だった。わたしは本を読むときにカバーはつけない。

しかし久しぶりに兄たちに会った。盆も正月も集まらない我が家なので、冠婚葬祭が頼みの綱である。かなり堅い仕事に就いている次兄が、「靴がないけん、ゆめタウンで買ったんや」と話していた。九千八百円だったらしい。

お通夜には百人ほどが詰めかけた。親族なので、誰なのかよくわからない人たちにも、頭を下げ続けた。祖母の知り合いであった人たちの中には「寒すぎるので来られない」という人もいた。寒すぎて……？　と思ったが、葬式に行こうとして凍死したら確かにどうしようもない。そう思うことにした。福岡の、父方の従姉妹にも久しぶりに会う。わたしは従姉妹たちのなかでも一番年下なので、正直に言うとあんまりみんなの記憶がない。普段交流がないながらも、東京から駆けつけたわたしや、同じく遠方から来た兄たちを労う言葉が多かった。父は四人兄妹で、それぞれが結婚して子どもを三人ずつ産み、そしてその子どもたちがまた三人くらい子どもを産んでいたので、すごい数の人間がそこにはいた。控え室には、アサヒの瓶ビールと、助六寿司、オードブルがたくさん並んでいた。ビールを飲みつつ、冷めて少し硬い寿司を口に入れた。疲れがどっと出て、お酒がよく回った。かんぴょうやいなりの甘い味が、九州生まれのわたしにはたまらなかった。

ホテルに泊まって、ベッドに深く沈み込む。東京から福岡の近さのことを思う。亡くなる前の夏、祖母に会いに福岡に来たことがあった。認知症で、同じことを何度も言う祖母ではあったが、わたしのことをよく可愛がってくれた思い出はある。

告別式は昼過ぎに行われ、喪服で過ごす足が冷たかったのを覚えている。死に化粧を施した祖母の顔を見た従兄弟が、「SNOW（スノー）より盛れとるがね」と漏らしていた。「誰や」ともこぼす。近年の写真加工アプリを凌駕する死化粧に、プロの本気を見た。式中、故人の思い出の写真を映したスライドショーが上映された。平成四年の五月、みんなで急流川下りをしている写真があった。わたしはその年の九月に生まれたのであるが、妊娠中の母も乗っていた。断れなかったのだろうか。ちょっと、と思って母のほうを見ると、見慣れない派手なダイヤの指輪を着けていた。お葬式でなくとも目立つギラギラの指輪を、よりによって姑の葬式に着けてきたのである。他の兄弟やその妻たちがおいおいと泣くなか、母だけは明後日の方向を見てぼんやりしていた。今晩のおかずでも考えているような顔だった。もう、フリでもいいから目頭を押さえたりしていてほしいと思った。しかし、母が生前の姑にひどくいびられていたと知ったのは、それよりも後のことであった。

故人の口元に水を含ませる「死に水」の儀式が執り行われたとき、祖母の死に水は好物であったコカ・コーラだった。菊の葉に浸したコーラは、祖母の唇に流れぷくぷくと泡を出して弾け、みんな笑いを堪えきれなかった。葬儀場のおじさんも、肩を震わせて「拭いて差し上げてください」とハンカチを渡してくれた。出棺する前に、幼いひ孫たちはハイチュウを祖母に投げつけていた。節分が近かったのだ。大人は大人で、献花を棺桶に入れようとみんな躍起になって集めたが、入れすぎて祖母が見えないくらい植物まみれになっていた。「よかって！　もう重かって！」と喪主である叔父が制し、ようやくおさまった。

その日の晩は、うちの親戚行きつけのお寿司屋さんで食事をすることになった。大所帯で、四十人くらいいたと思う。酔いが回ってくると、どこからともなく「一曲歌おう」という声が飛んでくる。先陣を切ったのは従兄弟のヒデくんで、「千の風になって」を熱唱していた。「ばあちゃんのお墓の前で泣かんばい」と宣言もしていた。そこからだんだん盛り上がってきて、従兄弟の息子である高三の男の子アキトくんが、荻野目洋子の「ダンシング・ヒーロー」をみんなで踊ろうと言い出した。今日日珍しい昭和の宴会部長のような子だった。「四十歳以下の人は立ってください！」と指示されたので、約半数の人たちが起立する。曲が始まると、アキトくんは「かーちゃん歌って～！」と母であるナオちゃんを呼び、全員で教えられた振り付けで踊った。ふと横を見ると、臨月のえっちゃんも踊っている。

大サビに入ると、ステージに飾られていた祖母の遺影と骨壺を中心に、その末裔たちが飛んだり跳ねたりと大暴れしていた。あまりに揺れるので、遺骨がさらに細かくなったらどうしようとも思った。しかし、みんなで踊り散らかす夜というものは、わたしの普段の生活ではまずない。これから先の人生でも、そうそうないと踏んでいる。

東京に帰ると、もともとこじれていた風邪が悪化して、熱を出してしまった。二月で気温も低く、喪服が寒くて身体も疲れていたのだ。スーツケースのなかからくちゃくちゃの喪服を出して、布団にくるまりひたすら眠った。たくさん汗をかいて熱を放出して、治る頃には春がきていた。あれから何年経っても、寿司とビールは合わないと思っている。

吸収と放出（三）

高校二年生になり、ベースをやってみようと思った。そのとき組んだ新バンドでベース担当になり、新しいことをどんどんやりたいわたしはすぐに楽器を買いに行った。いま思えば、Ibanez（アイバニーズ）という、ヘヴィメタル寄りのメーカーのものをなぜか買った。全然聴かないジャンルで、なぜそれにしたのかは今も思い出せない。黒いシンプルなボディだったが、しっかりヘヴィメタルの雰囲気は纏っていた。毎日飽きることなく練習し、ピンクのマニキュアと指の血豆がいつもセットだった。

部活をやめようとは一度も思わなかった。それは、中学の部活のような閉塞感からくるやめづらさと違って、純粋に楽しくて居心地が良い、という気持ちからだった。先生に楽器を教えてもらうことはなく、すべての練習・運営を自分たちの裁量で行う部活で得たものとは何だったのだろう。それは、社会の目線では役に立たないことかもしれないけれど、でも間違いなく、バンドをやっていた日々は煌(きら)めいていた。

授業をサボって、屋上に続く階段でぼんやりギターを弾いていたこと、放課後に部活を終えてから歩いた真っ暗な道、スタジオでみんなで熱唱した「リンダリンダ」、マイクの匂いとハウリング。ライブで少しミスっても、笑っていられた。もちろん笑えない失敗もあったけれど、それを浄化してくれるくらい「青春」の効能は強かった。

わたしが三年生になる頃には、軽音楽部の部員が八十人を超え、運動部が主流だった我が校にしてはかなり大所帯の部活となった。八十人もいると下級生の顔と名前が怪しくなってくるが、部長を務めていたのでわたしのほうの顔はしっかり覚えられていた。小学生の頃にクラスの委員長になったことはあったが、もともとはそんなに人の上に立つタイプでもなかったので、それが少しつらくなることはあった。八十人もいると、いろんなバンドのいろんな人間が常に何ごとかを悩んでいて、そのひとつひとつを聞いたり仲介したり取りまとめたりして、毎日忙しくて大変と言えば大変だった。時には食事を摂るのも忘れるほど部活に熱中し、気づけば痩せていた。成長期で太り始めた中学時代はどれだけダイエットを頑張っても痩せなかったのに、ダイエットのことを忘れた頃にはすっきり痩せた。二回折ったスカートのウエストは、ゆるゆると隙間ができていた。

軽音楽部の大きなイベントといえば、文化祭の体育館ライブだった。

この日だけは、外部から来たプロが音響を担当してくれる。三年生はこのライブで引退するので、一番気合いを入れて練習するのだ。文化祭の雰囲気は楽しいもので、みんな思い思いに着飾ったり、お揃いのクラスTシャツにメッセージを描いたり、そのありきたりなかけがえのなさが、当時かなり尊いと思っていた。部屋着にしかならない運命の、クラスTシャツ。文化祭で着て以来、外で着たことはなく、思いきりのいいところのあるわたしは、大学を卒業する前に捨てた気がする。でも、捨てたからといって忘れるわけではないのだ。親友や恋人や部活の仲間の名前を描いたTシャツを、みんなは捨てられたのだろうか。

文化祭の実行委員を務めていたせいもあって、準備期間は毎日忙(せわ)しなく溶けていくようだった。夏休み期間も学校に来て、冷房の効いていない教室で、部員や実行委員と顔を突き合わせ、汗と土と制汗剤が混じった匂い、セミの鳴き声と野球部の掛け声がいまでも聞こえてきそうだ。真夏のじりじりした昼間、ジュディマリの「DAYDREAM」を練習したときの熱く湿った切ない気持ち、ベースソロ。背中に張り付くシャツの感触、空けたばかりのピアスの穴が化膿している耳。放課後の教室で、缶ジュースを耳に押し当てて冷やして、パチンと空けてもらった。少しずつ膿と血を出し、いつの間にか穴は安定するようになった。いまもわたしの耳には、もう連絡すらしていない友だちが空けたピアスの穴がある。それはなかなか塞がらない。

文化祭は大成功だった。後夜祭のライブが終わる瞬間はなんとも惜しく、拍手の音で泣いていた。ステージからみんなの顔がよく見えた。その表情が明るくて、救われたような気持ちになった。上手い下手に囚われないステージは心地よく、感情が先走った演奏のほうがエネルギーに満ちていた。わたしはこれまでずっと、そういうものに心を奪われてきたのだと思う。帰り道の空はいつもより濃く、深く、草花の青い匂いも肺を満たした。その夜は、やりきったと脱力して、寝不足のはずがずっと目は冴えていた。

汗臭い爽やかな、そして少し陰鬱な青春の日々を送りながらも、わたしはどんどんバンドの沼に足を突っ込んでゆく。この頃好きだったのはナンバーガールや毛皮のマリーズ、ミドリで、破壊的なサウンドの虜になっていった。毎日通学中に耳が痛くなるほどの大音量で聴いて、よく親にそれを注意されたけれど、小さな音で聴くパンクなんてわたしには無理なのだった。わたしの高校は自転車通学の生徒が半分ほどで、バスと電車で通うわたしにとって不便だったが、長い時間音楽を聴いていられるという点ではすごく良かった。七歳年上の兄にねだって買ってもらったiPodはピンク色で、使いすぎてよくフリーズした。

わたしはよく、同じ曲の同じところを何度も聴いた。あきれるくらい、しつこく、粘り強く聴いた。それはだいたいギターソロであったり、好きな歌詞の部分であったり、かっこいいリフであったり、いろいろなのだが、ものすごく偏りがあることを、自分でも内心は変だと思っていた。好きになったらとことんで、それ以外は見えなくなる。部活は頑張っていたけれど、学業の成績はてんで悪く、引退した途端に現実の問題が一気に迫ってきた。

早い者は、三年生の夏には受験の手筈を整えているので、進路も決まっているが、部活しか頑張っていなかったわたしは、推薦はおろか受験すら厳しい現実が待っていた。部活、すなわちバンドに精一杯打ち込んだ自分を肯定したいと思いつつ、部活をやりながら勉強も頑張っている同級生のほうが偉いことはわかっていて、自分以外の全員が器用で真面目に見えた。同じ部活の同期も、みんな進路はきちんと決めていた。大学に行く者もいれば、専門学校に進む者もいる。同じバンドのドラムの子は「農学部に行きたいけど受かる気がしない」と悩んでいた。自分と同じくらいか、それ以上にバンドが好きでドラムが上手かった彼が、あんなに練習しながらも、音楽とは別の道を考えていたことが衝撃的だった。わたしはよく放課後の図書室で机に突っ伏しながら、胸がざわざわして全然眠れなかった。

ゆみちゃんという、ASIAN KUNG-FU GENERATIONが好きな友だちに、ナンバーガールの「TATTOOあり」のギターソロを聴いてもらった日のことを覚えている。「田渕ひさ子って知ってる？」と持ちかけて、あの二分四十三秒からの絶叫みたいなソロを聴かせた。イヤホンを差し込んだ耳の、わずかに紅潮した顔を見て、わたしは友だちが少ない、と思った。

春だった

少し前、果物を切ってフレッシュジュースを作って売るバイトをしていた。

春はいちご、夏は桃やスイカ、秋はブドウ、冬はりんごやみかんなど、ジュースで四季を感じられる素晴らしい職場だった。つまみ食いがOKだったので、よく果物を切っている最中にしゃがんで（立っているとお客さんに見える）、果物をぽいぽい口に入れていた。ひとりで作業をする時間が長いバイトだったので、そこがいちばん精神的に助かっていた。朝六時に起きて行かなければいけないが、そのぶん早い時間に家に帰れるのはうれしかった。バイト先の人たちは良い人ばかりで、「職場の人間関係」の稀なクリーンさにも救われていた。

ある日、そのバイトで出会った尾見さんという女性と話していて、コロナ禍初期にお互いどうしていたかを語り合った。あの、武漢でウイルスが見つかって、緊急事態宣言がどうこうと世間がざわつき始めた頃。スーパーでレトルト食品が品薄になったり、マスクやトイレットペーパーがなくなった頃……。あんな時代もありましたねと言い合いながら、「わたしはあのときうれしかったです。家から出なくていいなんて最高だし、ずっと閉じこもって読書したり映画を観たりできるならどんなに良いかと思ってワクワクしました」とつい本音が出た。

尾見さんは、尾見さんはびっくりしていた。いや、引いていた。マスクをしている顔の目元だけでそれは伝わってきた。これまで集めた会話のデータからすると、あの顔は間違いなく引いていた。こいつまじか、という顔をしていた。でも、ここまで言った以上は引き下がれない。発言を撤回することはできない。

「家にいるのが大好きなんです……。出かけるのも好きですが、家にいろと言われたら喜んでいつまでも家にいます……」

と釈明すると、尾見さんの眉間には皺ができていた。喋れば喋るほどだめな気がした。

嘘をつきたくない。しかし本当のことを言い過ぎてもだめなんだな、と常々思うけれど、でも言わずにはいられない。わたしはあの時期、嬉々としてiPadを買って、気になっていた本も取り寄せ、ちょっと良いコーヒーやお酒をストックして、部屋着も新調して、家を楽しむ万全の準備をした。生活の不安がなかったといえば嘘になるけれど、でも、人と会わなくていいと思うとすごく気楽で、安心した。高校生の頃、週五で強制的に人に会うのが嫌すぎて、自主的に一週間くらい休みをつくったことがある。メールの返信もそこそこにして、ひとりぼんやりと過ごしていた。その特別休暇はいろんな人に怒られて二度とできなかったけれど、「みんなは週に五日も同じ人に会うことに不満はないのだ」と思うと寂しかった。休みたいときに休みたくて、会いたくないときには会いたくなかった。

わたしは普段陰気には見えないそうで、だからよけいにそういう暗さを不審に思われた。

＊　＊　＊

東日本大震災が起こった二〇一一年に、わたしは大学に入学した。高校を卒業したあと、これから新生活に向けて準備をしようと思っていた矢先に震災が起こり、大学側も混乱して入学が延期になった。東北から上京する学生も多かったので、主にその対応に追われていたようだった。その時期、東京事変の最後のシングル「空が鳴っている」がリリースされた。ウォータリングキスミントというガムのCMで使われ、椎名林檎が出演していた。しかし、ドラマーの不祥事で楽曲をCMで使用することが難しくなり、急遽ピアノアレンジの「空が鳴っている」で代用された。

「すべてを手に入れる瞬間をごらん！／……スローモーション……／今なら僕らが世界一幸せに違いない／あぶない橋ならなおさらわたりたい／神さまお願いです、終わらせないで」という歌詞が、深い悲しみに暮れている当時の日本に流れているのが、やけに心に残った。震災で多くを失った地域がある一方で、「すべてを手に入れる瞬間」という言葉。それが対照的で印象に残っているのだろう。何度も何度も、建物が倒壊して津波に流される映像をニュース番組で観た。

まだ寒さの残る、三月の朝の張り詰めた空気を肌で感じるたび、この曲を思い出す。大学の入学式は五月半ばに延び、わたしは東京のひとり暮らしの部屋でずっとぼんやりしていた。そのときハマっていた村上春樹の小説を何冊も読破しながら、大好きなメローイエローを飲み、朝も昼も夜もないような一日をずっと繰り返していた。その頃社会を支配していた「自粛」という言葉が常に頭に張り付き、せっかくの東京も最初は全然楽しめなかった。わたしは狭いキッチンで、パスタばかり茹でて食べていた。そのレトルトソースのトマト味は、今でも思い出せる。あの頃の自分は十八歳で若かったし、東京に長いこと住んでわたしは少しずつ鈍くなっていった。そういえばあのときも、春だった。

吸収と放出（四）

大学でも迷うことなく軽音楽部に入る。

軽音関係のサークルは他にもふたつほどあったが、サークルより部活のほうが自分に合っていると思い、軽音楽部に入部した。わたしの大学は東京のキャンパスが狭く、部活やサークル活動を他県で行うことが多かった。軽音楽部も、スタジオが併設されているのは他県のキャンパスだったので、新入生歓迎ライブを観るときも、他県までわざわざ片道一時間ほどかけて行った。大学生にもなると、目を見張るほど上手い人が何人もいた。経験の浅い自分からすれば、プロのような演奏だと思えた。四年生の先輩ですごくベースが上手い人がいて、上手いだけではなく弾きながらステージを縦横無尽に動き回っていた。弾いている曲のリズムと違うリズムでステップを踏んでいて、なぜかそれが途轍もなくかっこよく思えた。ライブ後の飲み会で、その先輩に「すごく上手いんですね」と、いま思えば自明のことを言ってしまったのだが、「毎日たくさん練習してる」と一言返されたのが、それもまたかっこよかった。その飾らない一言も、折に触れて思い出す。

同期は確か十人で、男女半々だった。経験者が半数以上で、ベース人口が多かった。ドラム希望はいつだって少なく、でも経験者が三人入ったので豊作だと喜ばれた。わたし含めた経験者三人でバンドを組んだ。ギターボーカルは男子だったが、曲によってはわたしがベースボーカルとなった。リズム隊であるベースが、弾きながら歌うのは難しい。しかし、難しいと言われることほどやりたくなるのが自分の性格だった。フェンダーUSAを買い、立派な楽器で逃げ道を塞いだ。

大学の軽音楽部も基本的にはコピーバンドがほとんどで、わたしたちはくるりやandymori、チャットモンチーを練習した。高校の時よりずっと真剣にベースと向き合った。

指の皮はかなり厚くなっていたものの、三人のバンドの音を作るのに苦戦していた。高校の時よりずっと「評価」される機会も多かった。現役以外にも、四年生やＯＢがライブや練習に来ることがあったので、やはり上手でいたいと思った。そしてもちろん、自分のためにも。

練習やライブのたび他県のキャンパスに行く日々は、それだけで大変だった。重たい楽器を背負って電車とバスを乗り継ぐのは疲れる。それに本数が少ないので、バスの時間を逃すと大変なことになる。バンドのメンバーは全員都内に住んでいたので、秋葉原や池袋のスタジオで練習することもあった。わたしたちは真面目だったので、よく練習した。みんなどこか「負けたくない」という気持ちを抱いていたように思う。それは他人になのか、自分になのか、その内実は判断できないけれどそう感じることは多かった。部員はみんなちょっとひねくれていたし、それが若さでもあったのだろうけど、ぱっとしない毎日にフラストレーションを溜めている者が、楽器を演奏することで自分の輪郭を作っていたのだろうと勝手に思う。学校にも家庭にもバイトにも不満がある者たちの、さみしさの掃きだめみたいな場が、軽音楽部だった。健全な人は、たぶんあんまりいなかった。音楽とは、芸術とは、楽しくなさを削ぎ落としてくれる非日常だった。

そのまま二年、三年と進級して、ある意味では変わらない日々が続いた。部活をやめる同期もいたが、わたしはやめなかった。ずっとベースを弾いていた。コピーする曲も、スーパーカーやフジファブリック、サンボマスターなど、好きでやりたい曲をライブでできるのが楽しかった。高校のときよりも、音楽に対してのめり込んでいる人が多い。音楽の趣味もゆるやかに変わっていく。ドラムの同期とは、三年間同じバンドを組んだ。吹奏楽部出身の彼女はリズムキープが上手く、ベースの自分にはありがたい存在だった。粒の揃った安定感のあるドラムを叩いているので、バンド全体がまとまった印象になる。彼女もまた負けず嫌いだったので、来る日も来る日もドラムを練習していた。ずっと一緒に組んでいたから、合宿やライブ限定のバンドで他のドラマーと演奏したとき、少しやりづらく、ああ、あの子はやっぱり上手いんだと思った。そんなことを思わせる才能に羨ましくなった。

　授業と部活で違うキャンパスに通うのは不便ではあったが、ライブの時に使う校舎の日当たりの良さは好きだった。ライブだったら、暗いホールで照明をつけてやるほうが雰囲気は出るが、自然光のなかで楽器を演奏するのもまた、良いものだった。春の新入生歓迎ライブで、スーパーカーの「Ｌｕｃｋｙ」を演奏した。「あたし、もう今じゃあ、あなたに会えるのも夢の中だけ…」という歌い出しは、うっとりするほどいい。四月の暖かな空気と柔らかい日差しのなかで、四分という曲の短さを惜しんだ。

　わたしは学外でもバンドを組んでいた。それを学校の友だちに言ったことはなかったが、オリジナル曲をライブハウスで演奏して、どんな人が聴いてくれるのか気になった。バンドの練習は月に二、三回あり、ライブもそれなりにこなしていたので、毎日死にそうに忙しかった。作詞作曲はすべてギターボーカルの人に委ねていたので、彼女はもっと大変だったはずだが、予定がない日がほぼなかった。チャック・ベリーが好きな音楽通が作る曲は、オールドスタイルで爽やかだった。スタジオで練習するとき、いつもふざけてセックス・ピストルズのカバーをした。ノーフューチャー、と三人で歌っている呑気な瞬間、池袋のスタジオペンタの壁を思い出す。

ライブハウスに出演するには、一般的にノルマがあり、自分たちでチケットを売らなくてはならない。これがなかなか厳しくて、無名のわたしたちのチケットなど簡単に売れず、結果的には自分たちでお金を払ってライブハウスに出演していたことになる。その箱やその日のブッキングによっては、一回のライブでひとり一万円くらい払うことになり、この世界の厳しさを思い知った。主に、新宿や下北沢、高円寺のライブハウスに出演していた。他のバンドの企画に出してもらうこともあれば、自分たちで企画してライブを主催することもあり、横のつながりが増えていった。学校以外の人間関係があるのは気楽だった。年の離れた友だちもできたし、様々なバンドを知ることで刺激になった。パンクの畑にいたから、楽器を壊したりフロアで転げ回る人もいて、これが東京なのかとも思った。

いまはもうない、新宿JAMというライブハウスには特にお世話になった。調べてみると、二〇一七年いっぱいで営業を終了して、西永福ＪＡＭとして生まれ変わったようだ。新宿ＪＡＭの店長は気のいいおじさんで、わたしたちは随分やさしくしてもらった。チケットが売れないと、そのライブハウスの人に怒られるなんて経験もあっただけに（クリープハイプみたいになりたくないの⁉　と叱責されたこともある）、親身になってアドバイスをしてくれたり、ブッキングを組んでくれたＪＡＭの店長には感謝している。ずいぶんと懐の深いライブハウスで、出演していたバンドや輩出したアーティストは様々だった。閉店のお知らせをアナウンスされたとき、自分が好きなバンドの人たちが閉店を惜しむ様子を見るのもまた一興であった。「ＪＡＭフェス」という、百時間連続でライブをするイベントも印象的だった。雑多であったが、あえてジャンルで分けないことによって出会いが増えたし、好きな音楽も発見できた。あの小さいステージで見たギターウルフや灰野敬二を忘れないし、通しチケットが二千円だった衝撃も忘れない。

大森靖子が小さなライブハウスで弾き語りをしていた頃、バンドのメンバーに連れてもらって観に行ったことがある。二回行って、高円寺の無力無善寺と下北沢のＱｕｅだったと思う。アコギ一本で歌っていた彼女は、とんでもないパワーに満ちていた。「明け方の記憶は途切れ途切れ／うちに帰るために生きている身体／愛してくれなんて言えないわけは／朝日がまぶしい／ただそれだけ」という歌詞に、衝撃を受けた。こんなに言葉ひとつひとつが染みていく歌は久しぶりだった。大森靖子を知ってからは、しばらく彼女の曲を聴き漁った。物語を読んでいるような歌詞と、メロディーの良さが唯一無二で好きだった。ひとりでいろんな才能を背負っているような、小説家にも俳優にもなれるような、滾るものを感じた。そのくらい絶対的な才能だったし、ギター一本で叫ぶように歌う彼女は、他のどんなバンドにも負けないくらい力強かった。軽音楽部のひとつ下の後輩の女子が、大森靖子を聴いていると言ったときは意外だった。彼女は部内で「姫」のようなポジションで、おとなしくてあんまり主張のない子だった。しかし、何かのきっかけで大森靖子の話になり、かっこいいよね、と盛り上がった。仲良くなるのに時間はかからなかった。彼女はいま、どうしているんだろう。

大学時代は、人生でいちばんライブに行っている時期だった。モーモールルギャバン、チャットモンチー、ねごと、相対性理論、ART-SCHOOLなど、渇いた心を潤すように、わたしは音楽を吸収して、放出していた。

音楽を聴いている時間、感じている瞬間は震えるほど素晴らしく、涙が出るほど好きだった。感動バカのわたしは、何かを信じることで自分の命をこの世につなぎ止めていた。いじけて生きていた期間が長かったから、社会や人を憎むことはあったけれど、でもこの世には間違いなく美しいものごとや瞬間があって、そういうものをかき集めて生きていくこともまた、できるのだと思う。

東京は憧れが近い場所だった。少し手を伸ばせば、小さなライブハウスでバンドを観られるし、好きな作家のトークショーや個展だって頻繁に開催されている。「常に自分の好きな誰かが何かをやっている街」が東京だった。最初は、憧れの対象があまりにも近いところにいることにクラクラしたし、彼らが動いているところを間近で見るのは恐ろしくもあった。でも、生で感じる芸術の素晴らしさを知ることができて良かったし、それを体験するだけでも十分東京に来た価値はあった。チケット代が八千円の東京事変のライブだって、終わってみればなんと安かったことか。曲の良さや歌詞の言葉より先に、音の素晴らしさで気づけば泣いていた。わたしはあの瞬間、間違いなく圧倒されていた。

ＹＵＫＩちゃんのライブにも、行くたびに涙を流した。思春期をＹＵＫＩちゃんの歌とともに駆け抜けたわたしは、やはりどの曲にも思い入れがありすぎる。授業をさぼって聴いていた初期の曲、片思いしているときに聴いた曲、受験勉強しているときに聴いた曲、十七歳になったときに聴いた曲。歌詞をほとんど覚えてしまうほど、聴き込んだ。初めてライブで聴いた「プリズム」の、「咲くのは光の輪／高鳴るは胸の鼓動」という詞の美しさにもさめざめ泣いた。ステージを飛び回るＹＵＫＩちゃんの、なんとパワフルなことか。歌い、叫び、ドラムを叩き、この世界は彼女を中心に回っていると思うしかなかった。そして何より、ライブが終わるときの、ＹＵＫＩちゃんがマイクを通さずに挨拶をするとき。客席がしんと静まり、その声を聞く瞬間。彼女は満員の客席を見渡して、いつも間違いなく声を震わせていた。観ている側なのに、同じ気持ちになって、そこで一緒に泣いてしまう。デビューしたばかりの頃、小さなライブハウスで「ブス」「帰れ」とヤジを飛ばされていた彼女のことを思う。ずっと歌っていてくれてよかった。ＹＵＫＩちゃんは小さくて大きかった。

わたしはよく、些細なことで傷ついた。友だちの何気ない一言、先輩の態度、バイト先の社員の言動、そういう小さな瞬間が消えることなく積もって、心をチクチクと刺した。若かった自分は、自分もまた誰かを傷つけているかもしれないという想像ができず、そんな苦しさを逃がすこともできなかった。だから、バンドをやっているあいだの無心になれる時間が好きで、生きるうえで必要としていた。何かに夢中になることは、自分を傷つけてくる存在を遠ざける効能があった。でも、バンドを好きになればなるほど、憧れが大きくなって、そうやって生きていく方法しかわからなくなる。一生懸命やればやるほど楽しくて、演奏中の高揚感は増す。趣味で片付けられたら楽だったのに、音楽で食べていく人生のことばかり考えてしまっていた。大学四年の冬、終電を逃してタクシーで帰りながら、スーパーカーの「Ｄｒｉｖｅ」を聴いていた。「どこへいったの？　どうして泣くの？　夢はかなえるものよ。」という一節を聴いていたら自然と涙が出て、しばらく止まらなかった。

バンドは好きだが部活という組織は、だんだん苦手になっていった。ライブ終わりの飲み会も嫌だったし、そこで繰り広げられる上級生男子の説教の時間も嫌だった。ただし、説教は男同士で行われるもので、女のわたしは蚊帳の外にいた。そのどちらも気に入らない。お酒の席で説教されるのも嫌だが、「女にはわからない」とはじかれるのも腹が立つ。どれだけ真剣にやろうが、上手になろうが、同じ土俵に立てないことを思い知らされてショックだった。音作りの話や、エフェクターの話を、わたしもしたかった。氷で薄くなった緑茶ハイを啜りながら、悔しいと思った。真夜中の居酒屋が、いまでもいちばん寂しい気持ちを呼び起こす。

四年生の最後のライブは、ナンバーガールとスーパーカーを演奏した。

自分のこの四年間を象徴するのは、やっぱりこのふたつのバンドだと思った。好きになった頃にはすでに解散していたバンドだったが、色褪せるどころか聴くたびに魅了される魔力のようなものがあった。人に疲れて錆びた心をそのまま大切に持っていていいと思えたのも、彼らの音楽のおかげだった。ライブが終わったあとは、これでしばらく音楽もやらないんだな、と思って脱力した。

トータル約七年間の軽音楽部時代は、これからの人生の糧になるかはわからないけれど、でもやって良かったと思っている。重たい楽器を背負って、東京を縦横無尽に走っていた日々を、簡単には忘れられない。ひびのはいったフェンダーUSAは、飾ったままで触っていない。

確かに恋だった

鏡を見ながら口紅をひくとき、お風呂につかりながらお酒を飲むとき、ひび割れた指先にニベアをすり込むとき、懐かしい曲を口ずさむとき。生活の節々で、恋の微熱にうなされていた時のことをたまに思い出す。それは十年前のこと、幸せすぎて、ちょっと気持ち悪くなるような日々だった。後悔や未練の気持ちはひとつもなくいまが幸せで、だから書いてみようと思う。

わたしは高校生で初めて彼氏が出来てから、途切れることなくいろんな人と付き合っていた。移り気な性格ゆえか、そもそも最初からそこまで本気ではなかったからなのか、半年続けばいい方だった。そんな付き合いを繰り返すわたしに対する侮蔑の目も感じていたが、浮気をしていたわけではないし、たくさん恋することの何が悪いのか、本気で分からなかった。だから平気でいろんな人と付き合い、勝手に失望しては軽率にお別れした。

大学三年生の春、わたしは同じ学部の先輩と付き合っていた。しかし、交際半年ほどでだんだんと嫌気がさして、別れを切り出した。四歳上のその先輩は、わたしをおもちゃの人形のようにかわいがっていた。いつまでも田舎者で芋くさくて、何も知らないバカな女の子でいてほしいようだった。「おまえはほんとに何も知らないからな」が口癖だった。「何も知らない」わたしを、デートでスカイツリーに連れて行って、少し高いアクセサリーをプレゼントしては悦に入っていた。わたしが高所恐怖症ということや、アクセサリーに興味がないということは全部無視だった。自分の満足しか考えていない様子が悲しかった。わたしが髪を染めてタバコを吸うことや酒が強いことを嫌い、禁じて、自分の理想に近づけようと躍起になっていた。処女じゃないことも気にくわないようだった。

最初は我慢していたが、ある日突然限界がきて「別れてください」とメールした。先輩からすればまさに寝耳に水の事態で、かなり狼狽えていた。わたしからすればまあ別に、いつものパターンだった。すっぱり終わらせたかったけれど、先輩は直接話し合いたいと言って、仕事場から一時間かけてわたしの部屋に押しかけてきた。何が何でも別れたくなかったようで、怒ったり泣いたりしてわたしにすがった。いつも相手が感情的になればなるほど、気持ちが冷めていった。そんなことをして一体何になるのか聞いてみたかった。押し黙るわたしに、激昂した先輩は「馬鹿にしやがって」と凄んだ。馬鹿にしてたのはどっちだよ、と悪態をつきたかったけど、何も言わずに荒れ狂う怒りが鎮まるのを待った。そういえばわたしはずっと、この人の前で本気で泣いたり怒ったりすることがなかったなと思った。ようやく話し合いに決着がつき、別れることになった。帰り際に玄関の扉を押しながら「冷たいんだね」と捨て台詞を吐かれた。わたしはこの表情を何度も見たことがある。いつも、最後の最後で答え合わせができた。

これまでの恋愛もそうだった。面倒なことばかりだった。二十一歳を目前にして、すでに恋に疲れていた。もう誰かに傷つけられたくない、苦しみたくない。だからもう誰とも付き合いたくない。自分にはそんな資格すらない。そう思っていた。

先輩と別れて三か月ほど経った初夏のことだった。ある日の授業中、眠気と戦っているとポケットの中のiPhoneが振動した。教授の目を盗み机の下でこっそり画面を確認すると、同じ軽音楽部の後輩である聡からメールが届いていた。

そこには「今度ご飯食べに行きませんか?」と、絵文字も顔文字もない簡素な文で書いてあった。今までなんとも思っていなかった人から突然食事に誘われて、少し戸惑った。

聡は学年でいえばひとつ下の二年生だが、二浪していたので年齢はわたしよりひとつ上という微妙な関係の後輩だった。二浪してまで入るような大学ではないので、不思議な人だなとずっと思っていた。彼は良く言えばシャイで、正直に言えば物凄く暗かった。「ナード」という言葉がぴったりだった。とにかく無口で、みんなの輪の中にいてもあまり発言することはなく、身なりに無頓着でいつもよれよれの服を着ていた。背は一八〇センチと高くすらっとしていて、長い前髪に隠れているがかなり整った顔立ちをしていたので、勿体ないなと思っていた。陰鬱な印象だが決して嫌われることはなく、むしろ独特の雰囲気と音楽の趣味の渋さで部内では可愛がられていた。いつだかの飲み会で童貞だと言うことをカミングアウトしていて、その女っ気のなさは部内の誰もが知っていた。突然メールしてくるなんて、どういう風の吹き回しだろう。もしかしたら先輩たちの悪ノリで送られてきたのかもしれない。そのくらい意外な人物だった。

すぐに返事をするのもなんだか憚られて、少し時間を置いてから「いいよ〜」とだけ返信した。誘われた側なのに、送信ボタンを押してから、なぜかものすごく緊張していた。数分もしないうちに「やった〜！　いつにしますか？」とかわいらしい文面で返信が届いた。クールな彼にもかわいいところがあるんだなと思った。

そこからとんとん拍子に話が進み、翌週の木曜日の授業終わりに会うことになった。わたしの方が授業が終わるのが早かったので、空いた九十分を使って人のいない階のトイレで化粧直しをした。張り切ってバッチリ化粧しすぎても……と思って、口紅を塗ったり拭ったりしているうちに「授業終わりました。どこにいますか？」とメールが届いて、慌ててトイレから出た。部活でいつも会っているのに、妙にソワソワした心持ちで待ち合わせ場所に向かった。背の高い彼は人混みでも見つけやすい。いつものぼーっとした様子でわたしを待っていた。「お疲れ様」と声をかけた瞬間、いつもの鋭い顔つきが、くしゃっと崩れた笑顔に変わった。

聡はいつもと変わらない、中学生の頃から着ていそうな穴の空いたくたびれたTシャツと、サイズの合っていないぶかぶかのズボン、履きつぶしたスニーカーという出で立ちだった。少しくらいオシャレして来るかと思っていたのを見事に裏切る寝間着のような服装だったが、ここまで気にしていないと逆にすがすがしかった。

わたしたちはとりとめのない話をしながら歩いた。特にお店は決めていなかったので、どこで食べようかと悩みながら駅の周りをぐるぐる回り、歩き疲れたわたしたちは「ファミレスでいっか」とサイゼリヤに入った。安い熱々のドリアを食べて、ドリンクバーでソフトドリンクを何杯もお代わりした。メロンソーダの飲み過ぎで舌が緑色に染まった。聡はヘビースモーカーで、偶然わたしと同じ銘柄のタバコを吸っていた。オリーブ色の灰皿は、みるみるうちにいっぱいになった。

会うまではもっと話題に困るかと思っていたが、音楽や犬や本など、好きなものが似通っていたので話題は尽きなかった。部活では無口だと思っていたのに、この日の聡はとことん饒舌で驚いた。それはわたしも同じだった。爆笑したときにふたりの息で灰皿の灰がブワッと舞って、慌てて紙ナプキンで拭いた。それもおかしくて、目があってまた笑った。気がつけばサイゼリヤに五時間もいた。いい時間だし、そろそろ帰ろうかと言って店を出た。駅のホームで別れて、帰りの電車で心地よい疲れにまどろみながら、こんなに人と話をしたのは久しぶりだなと思った。心の底から楽しくて、何時間でも喋っていられそうなくらいだった。人見知りのわたしにとって、アルコールの力を借りなくても話せる相手というのは貴重だった。それが恋だと気付くのにそう時間はかからなかった。恋に落ちるってこんな感じなんだ、と思った。次の日からずっと、彼のことを考えていた。

わたしたちは学部が違い、授業で顔を合わせることはなかったので、大学で偶然会えた日はすごく嬉しかったし、喫煙所では彼の姿を探した。部活で会うときは、なんとなく今までどおりの感じで接した。その頃になってわかったことだが、どうやら部内に聡のことを好きな女の子がふたりもいるようだった。わたしを入れて三人だ。他のふたりは彼の同期だった。わたしと聡はふたりきりで会ったことを口外していなかったので、恋する女の子たちは変わらずアプローチをしていた。ふたりともかわいい子で、奥手なわたしは内心ずっとハラハラしていた。モテモテの本人は、いかんせんぼんやりしていて好意に気づいていないようだった。そこはいかにも彼らしくておかしかった。

そのうちまた聡からメールが届いて、「飲みに行きませんか」と誘われた。飛び上がるほど嬉しかった。もちろんと返事をして、金曜日の授業終わりに待ち合わせた。空き教室に入って空調をつけて椅子に寝転んで、窓から降り注ぐ西日を眺めながら彼を待った。七月の暑い日のことだった。

授業が終わった聡と講堂の前で落ち合った。「どこで飲む?」と聞くと、「渋谷がいいです」と言われた。珍しく即答だった。わたしは本当は渋谷が嫌いだし大学からは少し距離があるけど、誰にも見つからない場所がいいなと思い直して、半蔵門線で渋谷へ向かった。窓に映るふたりの姿にずっと照れていた。繁華街の安い大衆居酒屋に入って、ビールで乾杯した。これまでの部活の飲み会でわたしの方が酒が強いのは明らかだったものの、聡は負けず劣らず飲んでいた。どんなに安い居酒屋でも、暑い日に飲む生ビールは美味しい。思わずごくごく飲んでいたら「いい飲みっぷりですね」と笑われた。取り繕わなくていいのが楽だった。お酒を飲んでも好きでいてくれると思った。

サイゼリヤでデートしたときのように、ふたりの吸い殻で灰皿がこんもりと溢れた。わたしたちはどんどん飲み続けて、ビールが日本酒に移り変わった頃には、お互いもうへべれけだった。とろんとした目で馬鹿な話ばかりした。お猪口を持つ聡の指が怪我をしていたので、「どうしたの?」と触ってみると、「転んだ、痛かった」と甘えた目でわたしの手を握り返してきた。「マリさん、手も小さいなあ」と言われてどきどきした。小さくてよかったと初めて思った。敬語が時々崩れているのもなんだか嬉しかった。着実に距離が縮まっていくのを感じた。

金曜日の渋谷の居酒屋はとにかく混んでいた。オーダーするのも一苦労で、「お席の時間になりました」と店員に告げられ、半ば追い出されるように店を出た。お店は地下にあったので、へろへろの身体で階段を上った。外はムッとした暑さだった。まだ二十時半だ。赤い顔をした聡が「もう一軒行きましょう」と陽気に笑う。幸せな時間だった。わたしたちはまともに歩けないほど酔っていた。しかし腐っても渋谷、泥酔した若者なんてごまんといた。ゾンビ映画のように酔いつぶれた人が歩道でぐったりと倒れている。道玄坂をあてもなくふらふら歩いていると手と手がぶつかった。長い指が絡まってきて、わたしはいつの間にか手をつないでいた。彼の手に触れてはじめて自分の体温の冷たさを知った。じんわりと温かくて気持ち良かった。

　ぼったくりのキャッチに捕まって入った二軒目の店を出た頃には日付は変わり、横浜に住む彼の終電はとっくになくなっていた。もっと一緒にいたくて、駅前でタクシーを拾ってわたしの家を目指した。タクシーの車内でも手をつないだ。疲れていて何も話さなかったけれど、それで良かった。それが良かった。タクシーを降りて、「ようこそ」と言いながらわたしの家に入った。酔い覚ましの水を飲みながらぽつぽつと話しているうちに、彼はわたしのベッドで眠った。しばらく寝息を立てて健やかに眠る姿をぼんやり眺めていた。いまが人生で一番幸せかもしれないと思ってくらくらした。明け方に静かにシャワーを浴びていたら転んだときの痣を見つけた。この痣が消えたらさみしい、と馬鹿なことを考えながら、一緒のベッドで眠った。

　朝になってからも昨晩のようにぴったりくっついて過ごした。産毛、肌の匂い、体温。すべてが愛おしかった。他人だった頃の隙間を埋めるように身を寄せ合って過ごした。「マリちゃんって呼んでいい?」と聞かれた。いいよ、と言ってみたものの、今までの恋人は年上ばかりでいつも呼び捨てだったので、「マリちゃん」はくすぐったかった。聡は

「マリちゃんが初彼女だよ」と言ってはにかんだ。甘い言葉の連続に照れくさくなって、「付き合おうなんて言ったっけ」とまた意地悪を言ってみた。彼は真顔になって、わたしを見つめながら、「マリちゃんが僕のことを好きになってくれたときから、僕たちは付き合ってるんだよ」と言った。めまいがしそうだった。わたしはきっと、彼のこういうところが好きだった。

付き合ってからの日々は本当に楽しかった。年頃にしてはずいぶん地味な恋愛だったかもしれない。わたしたちは夜景の見えるレストランやブランド物のプレゼントなどに一切興味がないタイプだった。特別よりも日常を愛したし、一緒に過ごすだけで楽しかった。そのうち距離がもどかしくて、一緒に住むようになった。近所のスーパーで買い物をして一緒に料理を作ったり、ゾンビゲームで徹夜したり、ＤＶＤを観てああだこうだ言ったり、古本屋で大量に本を買って喫茶店でお茶をしながら読書するような日々がとてつもなく輝いていた。キッチンの換気扇の下でタバコを吸う聡にまとわりつきながら、いつも行くセブンイレブンの癖の強い店員のモノマネをしては爆笑した。

誰かが愛おしいというだけで、こんなに胸がいっぱいになるとは思いもしなかった。切れ長の三白眼、鷲鼻、冬生まれの肌、左利き、うなじのほくろ。キャスターマイルドのバニラの香り、フェンダー・ジャズマスター、彼が飼っているおバカなラブラドール・レトリバー。そういうものすべてを目の当たりにするたびに、「わーっ！！！」と叫びだしたくなった。名前のつかない感情があることを、そのとき初めて知った。

忘れられない出来事がある。ふたりが幼少期にやり込んでいたゲームに再びハマっていた頃のことだった。その時、あるゲームをクリアすることに熱中していた。約三か月かけてラスボスを倒し、念願叶って全クリすることができた。夜中なのに、ふたりとも思わず「やったー！！！！！」と大声が出て、ハイタッチした。わたしは嬉しすぎて、それだけでは飽き足らず、コントローラーを持ったまま飛びはねてしまった。その勢いでファミコンの本体も引っ張られ吹っ飛び、鈍い音を立てて床をバウンドした後、画面がぷつっと途切れた。途端に血の気が引いて、急いで線を繋いで電源ボタンを押したが、セーブデータはすべて消えていた。喜びから一転、一気に絶望の淵に立たされた。ショックすぎてもう言葉が出なかった。あれだけ苦労して、何時間もかけてクリアしたのに、わたしがよけいなことをしたせいで全部消えてしまった。なんと謝ればいいのかわからない。頭が真っ白になって聡の方を見ると、腹を抱えて声も出ないほど爆笑していた。さすがにこれは怒られても仕方ないと思っていただけに、五分くらい笑い続ける彼を見て、なぜ怒らないのかと軽いパニックになった。泣きべそをかいて「ごめん」と謝るわたしを抱き寄せながら「こんなに面白い人見たことない」と言って何度も思い出し笑いしていた。わたしは彼のおおらかさに何度も救われていた。

わたしたちは暗く深く、ふたりだけの国を築いてひっそりと愛し合っていた。付き合っていることは、しばらく誰にも言わなかった。誰かにやすやすと見せるのがもったいない愛だった。美しい瞬間を大切に心にとどめておいた。しかし、こんな甘い生活にも、いつしか終わりがくるなんて思いもしなかった。

大学を卒業して、お互い働くようになってからは環境が大きく変わった。同棲していたのに顔をあわせることが少なくなった。生活リズムがまるきり反対で、わたしが眠っているときに聡が帰ってきて、わたしが家を出て行く頃に聡は眠っていた。お互い忙しくて休みの日もまったく合わず、学生の頃のように時間が取れるわけでもなく、すれ違いが増えた。一緒に出かける時間がほとんどなかった。いつも仲良く手料理を作っていたのに、コンビニ弁当ばかり食べるようになった。家事ができなくて、家の中はめちゃくちゃだった。わたしは仕事でストレスが溜まっては聡に当たった。忙しい彼にもそれを受け入れる余裕はもうなくて、だんだんとギクシャクした関係になった。あれだけ楽しかった生活は、砂を噛むような日々に変わっていた。とても苦しくて、部屋のどこを見ても楽しかった思い出が遠くて辛かった。

わたしも聡も変わってしまったのだ。当たり前のことなのに信じたくない自分がいた。たくさんわがままを言った。思いどおりにならなくて、泣いたりわめいたりした。身勝手すぎて、自分の気持ちばかりぶつけて聡を疲れさせてしまった。つい不健全な考えばかり浮かんでは、歪んだ愛の測り方しかできなくなっていた。嫌いあう前に終わりにしたいと思って、自分から別れを切り出した。そういうところがわたしの弱さだと思った。それでも、もう引き返せないところまできてしまっていた。

わたしたちは真冬の夜にさよならをした。駅まで歩く道すがら、こういうときになんて言ったらいいかわからなくて、ずっとうつむいていた。「マリちゃん、顔見せてよ」と言われたのでマフラーをぐるぐるに巻いていた顔を出した。油断すると涙が出そうだったので「わがままばっかでごめんね」と笑って見せた。最後は抱き合って別れた。

大学生の頃、本気で死のうとしたことがあった。卒業を控え内定も貰っていて、他人からすれば何が不満だったのかきっとわからなかったはずだ。あのときのわたしは孤独だった。本当は、人間関係にずっと悩んでいた。ゼミでも部活でも、気の合う友だちが全然できなかった。好きなことを仕事にする勇気が出ないまま、就職を決めてしまった。両親は、ちゃらんぽらんだったわたしがきちんとした職に就いたことに安心していた。もうがっかりさせてはいけないと思って、何もかもうまくいっているふりをした。そういったものがすべて重なって、静かに病んでいった。

わたしはいつも、家族にも友人にも本音を言うのが苦手だった。何年生きても薄い関係しか築けないのが、ずっとコンプレックスだった。自分を晒すことにどうしても抵抗があり、踏み込むのも踏み込まれるのも躊躇した。そうやって生きてきたから、誰かの友情や愛情を目の当たりにすると、決まって後ろめたい気持ちになった。冷めたふりして飄々と生きているつもりだったけれど、本当はものすごく寂しかった。

こんな気持ちであと何年生きられるだろうかと思うたびに、どんどん目の前が真っ暗になっていった。胸にこびりついた悲しみが離れない。それは聡にすら打ち明けることはできなかった。

寒い日の夜のこと、今日もうまく生きられなかったと思いながら、「本当は物書きになりたい、叶わないなら死にたい」と彼に言ってぬるい浴槽の中でさめざめと泣いた。限界であった精神状態で咄嗟に口をついて出たのは、誰にも明かしたことのない夢だった。聡は、震えた声で絞り出すようにこう言った。

「なれるよ、僕は君のことをずっと見てきたから、そんなことくらい、わかるよ」

その言葉を聞いた瞬間、今までのふたりの歴史が顔を出した。

愛だの恋だのくだらない、と思っていじけていたわたしを何度も呼び戻してくれた。「もっと怒ったり泣いたりしてくれなきゃ寂しいよ」と言われたときは、目が覚めるようだった。人の気持ちなんてわからない、わかりたくもないと意地を張っていた自分の幼さを恥じた。誰かと向き合うことは、自分と向き合うことだった。聡の言葉はいつだって、わたしの心をやわらかく突き刺した。

わたしは、自分の前からいなくなった人に対する執着というものはあんまり湧かず、それならそうと割り切って過ごすことができるようだった。それは親の都合で転校することが多かった名残りなのか、いつの間にか身につけた処世術のようなものだった。会社を辞めて文章を書き始めてから、わたしの人生は大きく変わった。もう一生会うことはないし、連絡先も知らない。いまどこで何をしているかお互い知らない。わたしは結婚して、夫のことを愛している。

苦しかった二十代を振り返って、惨めでも情けなくても、自分の人生を誰かのせいにしたくないと思った。あのとき聡がかけてくれた言葉には、背中を押されたようだった。たぶん死ぬまで一生、お守りのように大事にしている。

言葉は呪いだ。言葉にするとすべてが本当になりそうだと、ずっと思っていた。わたしは今でもあのとき言ってくれた言葉を思い出している。呪いをかけてくれてありがとう。確かに恋だった。

白いレースのひらひらの

花柄の布が好きだ。ひとり暮らしのころ、クローゼットのなかはいろんな花が咲いており、柔軟剤の香りも相まって、植物園のようであった。ワンピース、ブラウス、スカート、花柄のものの割合が高く、きっと他人から見たらいつも同じような服を着ている、と思われていただろう。最近は少し好みが変わり無地の服が増え、「なんでもシンプルイズベストやねん」と言っていた母の言葉が頭に浮かぶ。

三年前の冬、母からスコットランド製の重たいセーターをもらった。若い頃に着ていたというそれは、汚れがひとつも見当たらず、生地のよれや毛玉もなく、かなり状態が良いものだった。「高かったし、まりが大人になったらあげようと思って取っておいたんよね」と言う母を前に、ふと計算する。四十年近く、わたしのことを待っていたセーターということになる。重たくて肩が凝るほどではあったが、なかなかかわいいデザインで気に入った。上に兄がふたりいる長女のわたしにとって、「お下がり」はほとんど経験のないことだった。他にも母のものであったネックレスやブラウスは、無事わたしの家のクローゼットに移動した。その服やアクセサリーを見ていると、自分が母の好みの影響を受けていることを強く自覚する。

母はファッションにうるさい人だった。物心ついたときからわたしは、髪型、服装、小物のひとつに至るまで、母の厳しい監督を受けていた。出かける前にはよく、わたしの着たい服と母が着せたい服が違い、鏡の前で言い合いになったものだ。母はわたしとおそろいの服も着たがって、でも田舎だからそれを着て行く先なんて、ゆめタウンくらいしかなかったのだけど、うどんとかたこ焼きが売ってるフードコートを、少し恥ずかしがるわたしを連れて嬉しそうに歩くのであった。大人になって子どもの頃の写真を見返すと、意外とおしゃれだな、と感心する。兄たちが子どもの頃もまた、母の着せたい服を着せられていたのだが、デニムのシャツにGジャン、デニムのハーフパンツという一見ものすごい組み合わせでも、絶妙なバランスでかわいかった。

そんな母がある日、タンスの奥から引っ張り出してきたものは、セーターでもスカートでもなく、レースがついた真っ白で小さい布だった。ふにゃふにゃと柔らかいそれを開いて、「これは、」と切り出す。「あんたたち兄妹三人が生まれたとき着てた産着。お嫁さんたちに渡すのは気が引けたけど、あんたの赤ちゃんならええかなと思って」と何気ない調子で言った。理屈では理解できたことを、心の底の何かが跳ね返した。

兄ふたりが結婚して、それぞれ子どもができて、「無事に」生まれて、育っている。そしてわたしも結婚して、どうやっても子どもについての話題をさけられない。姪っ子たちは、もう愛くるしいなんてものではないくらい、かわいい。できれば会いたいし、抱っこしたいし、スマホの待ち受けだって彼女たちで、とても大切だ。でも、結婚したら自動的に子どもができるわけではないし、子どもがいない人がかわいそうなんてことはない。かわいそうだと思うのは、夫婦なら子どもがほしいだろうと「思い込んでいる」から。そういうものだから。

子どもがほしくない、とは言わない。でも、夫以外の人に「産んでほしい」とか「産め」と言われたら、意地になって産まないと思う。人格などない「母体」だと思われるくらいだったら、一生ひそひそ言われていてもいい。わたしの兄たちの子どもはみんな女の子で、三人連続女の子が生まれて、たまにそのことを思って、嫌な汗をかいている。いい娘でいたいのに、なりきれないかなしさで、ちぎれるように痛い。どうやったらみんなを幸せにできるか、誰かに教えてほしいと、ずっと思っている。

金星

夜寝る前、トイレに入って窓を開け、外の風景を見るのが好きだ。

わたしが住んでいるのは住宅地といえばそうで、最寄りの駅はそんなに賑やかでもない、住みやすい場所だと思っている。たまに夜、大声で話しながら歩いている人がいれば目立つような、静かな環境に身を置いている。トイレの窓を開けると、向かいのマンションが見える。一階はそのマンションの大家さんの家族が住んでいて、夏はビニールプールで遊んでいる様子が見える。うちの隣もアパートで、はす向かいもアパートが林立している。たまに、近所で飼われている「ソラ」という猫がうちの前までトコトコ歩いてくる。うすいベージュの雌猫で、首に鈴をつけているから歩いているとすぐにわかる。窓を開けてソラがいれば、夫婦で下まで降りてひとしきり撫でる。わたしたちは異様なまでに動物が好きなのに、まだ飼うことには踏み切れていない。我が家はペット禁止だし、自営業で古本屋を営んでいるからには、家にも商品があるのでやや考え物だ。ソラがいなければ、わたしは灯りがついている家が何軒あるか数える。午前〇時なら、自分と同年代の人が多い近所の家の灯りはまだまだついていて、なぜだかそのことに安心する。わたしには近所づきあいなどないに等しく、隣の部屋の人の名前すら知らないのに（それもどうかと思う）、しかし近所の家の人がまだ起きているとうれしい。

わたしが寝るのは毎日だいたい午前〇時で、本当はもっと早く寝たほうがいいと思うけれど、夫の生活リズムもあるので、まだなかなか定まらない。しかしこの時間に寝る準備ができるということは、ふたりの歴史からすればかなり早くなったと言える。前はもっと、新聞配達のバイクの音を聞いて、空が白んでから寝ることが多かった。しかし、朝寝ると起きるのは昼になるわけで、それだとあまりにも一日が短い。わたしは今年に入ってからバイトを辞め、執筆とたまに夫の仕事の手伝いで暮らしている。だから、朝早く起きる必要もないといえばないが、しかし頑張って朝起きる生活を目指している。屋上を自由に使えるこの家で、朝日を浴びないのはあまりにもったいないからだ。早朝でなくともいいから朝起きて、飲み物を片手に日を浴びている時間が好きになった。

夫と付き合い始めたのはコロナ禍真っ只中の時だった。付き合うまでに彼と会ったのは、ほんの二回くらいだった気がする。そのくらい急に出会って急に付き合った。わたしの人生のなかで、何かが始まるのはいつも急だった。仲の良い友だちができるのも、仲が悪くなるのも、仕事を辞めるのも始めるのも、いつも急だと言われる。すべてがそうと言えるわけでないけど、わたしは相談をするということが苦手で、他人から突然に見えるわたしの行動はすべて、ずっと腹の底でくすぶっていたような、ずっと心に決めていたことだったりもする。しかし、夫の存在はわたしの物語に彗星のごとく現れた。初めて会って話したときから、なんだかずっと前から知っていてずっと好きだったような不思議な気持ちになった。わたしの書いた文章を読みたいと言うので、私家版の『いかれた慕情』を渡した。あまり刷っておらず、ほとんど自分の手元になかったけれど、躊躇はしなかった。他人が読んだらギョッとするような内容を書いたものを初対面の人に渡したのに、「これを読んで嫌われたらそれまでだ」という強い気持ちを抱いていた。自分が作るものを自分ですごく信じていた。その痛いほどの気持ちをわかってほしかったのかもしれない。

交際が始まってから結婚に至るまで、ふたりの写真はずっとマスク姿だった。どこへ行くにもマスクが手放せず、混みすぎている店には入るのを躊躇し、「営業自粛」でお目当ての店がやっていないことも多かった。お互い比較的休みをとりやすい仕事であったが、旅行に行けた思い出もほとんどなく、都内をひたすら歩くか、お互いの家に泊まるか、という交際期間だった。夫は街歩きや珍スポットが好きな一方、漫画を読んだりゲームをするのも好きで、家で過ごすときもいろんな引き出しを持っている。わたしは夫の家に泊まりに行くのがいちばん好きだった。自分の家より広く、知らない街の風景が心を潤す。同じ都内だが縁もゆかりもない土地で、行くには片道四十分ほどかかるが、それがチャラになるくらいには楽しかった。

夕飯の材料やお酒を買い込み、夜中までゲームをするのが特に楽しく、つい朝まで盛り上がった。七歳年上で三人兄弟の次男である夫はゲームが上手く、のめり込みやすい性格も手伝ってその腕を磨き続けていた。兄がふたりという環境で育ったわたしもゲームが好きで、夫が面白いという昔のゲームも興奮しながらプレイした。映像が綺麗な最近のゲームだとわたしは画面酔いして吐いてしまうので、スーパーファミコンくらいの時代のゲームのほうがやりやすかった。ヨッシーアイランドやマリオワールドを、何周もやりこむ。ゲームをしながらお菓子を食べ、朝になったら眠るという日が、自分にとって大きな癒しであった。夫とスーパーのプライベートブランドの食べものの比較をしたり、漫画で読んだお酒の割り方をして飲んだりと、のんきな時間を過ごすことが、疲れやすい自分には心が休まって落ち着いた。そういう日ばかりだったらさすがに不満も募るだろうけど、昼間出かけたあとに家でゆっくりくつろぐのが好きで大切な時間だった。

格闘ゲームの協力プレイで、次のステージに切り替わるとき「いっしょに　すすむ？」という問いがあった。どんどん物語を進めたいわたしたちは迷わず「ＹＥＳ」を選び、また無限に出てくる敵を倒し続けた。技巧なんてどうでもいいと、コントローラーのボタンをめちゃくちゃに押して敵に体当たりするわたしと、敵と距離をとりながらも必殺技を繰り出す彼とで、なんとか協力しあってゲームを進めていく。失敗して何度も死ぬのはわたしのほうで、そのたびに相棒である彼に助けてもらい、命をわけてもらいながら何度でも生きかえった。必殺技を繰り出すためのコマンドを覚えるのは横着な自分には面倒で、そういうのはまるきり任せた。

遊び疲れて眠る朝四時、窓を開けて外を見ると月が薄くなっている。この時間に見えるのは金星で、もっと近くで見たいのにそれは叶いそうもない。狭い布団にふたりで横になって、眠気に襲われながらも「大好きだよ」と伝える。いつも人の気持ちがわからずに、人の気持ちを汲めずに、でも自分の気持ちだってまっすぐに伝えないと、そのかけらすら伝わらないんじゃないかと思ってしまう。彼は左の肩にわたしの頭を乗せて、眼鏡を外して顔を寄せてくれる。やわらかい声で「いっしょにすすむ?」と聞かれたときわたしは、「だれにもなんて答えたか思い出せずに、でもそれを選んでここまできたといつも思う。

できん　いきかたをさせてやる！」と結ぶエンディングの台詞が、やけに胸に迫るのだった。

加速し続ける

いま住んでいる家から歩いて十分ほどのところに、古びた銭湯がある。週替わりで露天風呂に入れるうえに、女風呂にもサウナがついているので、たまに通っている。昔からあるようだが、支払いにペイペイも使える。「ヌシ」と言われる存在もいないし、混んでいるわけでもないので、いつも好きにお風呂に入っている。ゆっくり過ごすと二時間半くらいサウナとお風呂を満喫して、帰って水を多めに飲んですぐに眠る。血行がよくなるからか寝付きがよく、長く深く眠れるのだ。一番長いのは露天風呂に入っているときで、小窓から覗く電車の往来を眺めながらぼんやりと考え事をしている。少し伸びた爪の剥げたネイルを気にしつつ、毎日綺麗でいられたらいいのにと、焦りとも諦めともつかない気持ちが胸をよぎる。家ではあまり湯船につからないから、毎日ここに来られたらいいのにな。でも毎日二時間以上お風呂に入っている余裕はない。だったら三日に一回？　いや、それも難しいから週に一回？　本当はもっとしたいことがたくさんある、身体と時間がいくらあっても足りないくらい、なぜだか毎日忙しい。観たい映画、部屋に積んでいる本、行きたい喫茶店、会いたい人。何かを選んだら何かを捨てなければいけないような、そんな風に毎日考えあぐねては泡のように消える。

わたしは失敗が怖い。こんな風に書くと、いままで「成功」を掴み続けた完全無欠な人間のようだがそれは違う。むしろ、何度も人生に躓いては沼で溺れていたような三十年だ。そんな傷だらけの身で「転びたくない」なんて言ったところで、一笑に付されるのはわかっている。わかったうえで病的なまでに失敗を恐れているのは、その痛みを覚えているからだろうか。

空想が好きな子どもだった。家で留守番をしているとき、絵本にもビデオにもピアノにも飽きたら、ただじっと空想の世界で生きていた。お姫様になったら、魔法使いになったら、アイドルになったら、男の子になったら。ふとした瞬間に想像が膨らみ、ぼおっとしていることが多かった。その癖は長く続き、学校の授業中もいつもまったく違うことを考えていた。なんとなくいつもはみ出していた、そんな学生時代だったけれど、なんとか会社に入って働き出したときはほっとした。会社では、真面目な性格ゆえに、「どうしたら目標を達成できるか」をよく考えて分析し、成果を残した。多少無理してでも、数字を残せば自分の価値まであがる気がした。そんな風にがむしゃらに頑張っていたら、ある日上司に「仕事ができすぎるっていうのも考え物だよ」と言われて、手も足も出なくなった。その頃、人間関係と仕事量の多さで深く悩み、眠れないほど落ち込んで辞職を決意した。二年と少しで会社を辞めたとき、誰にも相談できなかった。逃げるように辞めて、実家の母から「会社はどう？」と電話がきたときに「辞めちゃった」と伝えると、「なんで？もったいない」とがっかりされてしまった。ああ、失敗してしまったんだわたしは、と気づいたときには遅くて、誰のための人生なのかわからず、目の前が真っ暗になった。二十四歳の春だった。

昔から、自分の気持ちを人に伝えるのが苦手だった。つらいとか悲しいとか嫌だとか、そういうマイナスな感情をどう処理したらいいのかわからず、おりのようなものが渦巻いていつも苦しい。だから自分の家族にさえも、あんまり大事な話ができなかった。大学に進みたいというときも、会社に入るときも、辞めるときも、付き合っていた人との同棲を解消したときも、なぜだか口をつぐんでしまう。「何を考えとるんかねえ、あの子は」と言われながら、たくさん悩んできたことも伝えられずにいた。

両親とは仲が悪いわけではなく、普通の関係だと思う。父の日や母の日にはプレゼントを贈ったり、誕生日には連絡する。兄ふたりが最近結婚して、孫もふたりできたので、なんとなくわたしは肩の荷が下りたような気持ちになっている。執筆活動のことは学生時代の友人や家族には話したことはなかった。昨年本を出版したことも言っておらず、なんとなくそのままにしていた。パートナーが何度か「お父さんとお母さんに言ってあげたら、喜ぶんじゃない？」と提案してきて、そういうものかなあ、と考え出した。いままで書いた本や雑誌のコラムには、両親が知らないわたしのいままでの人生が凝縮されていて、それを知られるのはすごく勇気がいることだと思った。誰も不幸にしないのなら読んでほしいような、そんな狭間でずっと悩んでいた。

先日実家に帰る機会があり、料理している母の背中に話しかけた。フラミンゴのように片足だけで立って野菜の皮を剥くのは、母の昔からの癖だ。花柄がうすくなったエプロンは、いつの年だかの母の日にわたしがプレゼントしたものだった。いつ、なんて切りだそうと言いよどんでいるうちに、小学生のときのことを思い出す。自分が書いた作文が金賞をとって、それを伝えたくて料理している母の背中をずっと見ていたこと。あの日からずっと、わたしは変わっていないんだ。「わたしさあ」「うん」「本出して」「本?」「うん、本を出した、出せた」振り返った母は、半分笑っていたけど目を見開いていた。鍋のなかで野菜が煮える音と、換気扇の音と、リビングのテレビから聞こえてくるお笑い芸人の声。誰も見ていないテレビをつけているのも、実家の風景だ。いつ、どんなきっかけがあって、どんな本を出したか。それまで何をしていたか。ぽつりぽつりと話していくうちに、母は驚いたり、褒めたり、そんなこともあるんやねえ、としきりに呟いていた。「ねえそれって、すごいことよね？」と聞く母は、もう何年も、読書なんかしない。

母に見せたかった。大きな書店で娘の本が四か所の棚に置かれていたところや、手作りのＰＯＰを用意してくれた書店があったこと。個人書店が力を入れて売ってくれた様子。「この本に出会えてよかった」という読者からの手紙やメール、感想の書かれたＳＮＳ。重版出来。書籍化したときに友人がくれた花束、お祝いにとパートナーが連れて行ってくれたレストラン。本を出して、たくさんの愛を受け取ってきた。出版した事実もうれしいけれど、思い出すのはそういうことばかりだった。同僚と仲良く働いていたことや、しょっちゅう遊んでいたこと、同人誌を販売して友人が増えたこと、本を出したりエッセイを書いたりするような思い入れの深い出来事がたくさんあったこと。そんなふうに、娘が幸せな日々を掴んだことを、ただ知ってほしかった。

タイトルやペンネームは、なんとなく伝えていない。ただ、自分のことを書いたんだよ、そんな風に言っておいた。それでも深くは聞かれず、「お兄ちゃんたちにも教えていい？」と、いそいそメッセージを打ち始めた。「もっと早く言ってくれたらね、ケーキ買ってお祝いしたのにねえ」と呟く母はとても幸せそうで、言ってよかった、と思った。帰宅した父にも出版のことを伝え、母と同じように驚いたり喜んだりしてくれた。「難しい仕事だとは思う、どんどん面白いものを書かんといかんやろうし。でも、大変じゃない仕事なんてたぶんないし、それが向いてたんやね」と言って、ビールを飲んでいた。

夜遅く、リビングで本を読んでいたら寝る準備を終えた母が「まだ寝らんの？」と話しかけてきた。「もうちょっとしたら寝る」と伝えると、「そう」と言いながら戸締まりを確認して回り、シャンプーの香りが漂った。「今日は良い日やったなあ」とひとりごつ母を見る。家で口数の少ないわたしは「そう」とだけ言い、反対によくしゃべる母は「お母さんは鼻高々よ」と笑った。「子ども三人育てたけど、確かにまりは一番変わってたんよね。わたしたち夫婦にはまったく似てなくて、自分の世界を持ってる子なんやな、と思ってた。絵とか作文とか音楽とか、表現が好きでずっとやってたから、もしかしたら人とは違う才能がなんて、親は誰でも思うよね。親バカだけど、まりはお兄ちゃんたちとはまた違うすごいことをしそうやなって、いつも思ってた。でも、女の子やったけん、普通じゃないのが怖かった。どうにか普通の子と同じようにって育てようとして、そうやって守ってあげないとって思ってた。わたしたちは親だから。普通の女の子で、幸せに生きてほしいと思ってた。でもそんな風に縛り付けなくても、まりはちゃんとすごかったんだ。だから、本出したり、文章書く仕事してるって聞いて、びっくりしてるといえばしてるけど、納得してるといえば、そうなんよ。それはお父さんも同じやって。それに、この年で、孫が生まれるとか、それ以上にうれしいこと聞けるなんて思わんかった。好きなことを仕事にできるって、幸せなことよねえ。頑張ってきたんやね。おめでとうね」

母は一気に話したあと、「いい夢みれそう。おやすみ」と二階にあがっていった。二階の寝室のドアが閉まる音を聞いてから、少し泣いた。呪いがとけたような、そんな感覚だった。両親に対して、ずっと素直になれなかった。離れて暮らした十年以上のことを、ほとんど何も知ってもらおうとしなかった。会社を辞めてからは、失望させてしまったと負い目に感じていたのだ。きっと失敗することが怖いというより、誰かをがっかりさせることが怖かった。でも、数年かけてわたしは立ち直り、毎日笑って暮らしている。ようやく自分のことを少し話せて、楽になった。全部知ってもらわなくても大丈夫。

まだまだ、家族に本やエッセイを読んでもらう気にはならない。わたしは進化している途中で、もっとびっくりするような文章が書きたい。とにかく毎日書き続けて、本をたくさん作る。きっと忘れてしまうような瞬間を切り取って、このまま加速し続けたい。いつかは読んでほしいような、読まれなくてもいいような、そんな気持ちでいる。ただ、自分らしく幸せに生きていることを知ってもらえただけでよかった。

自室の机のうえは本や雑誌で埋め尽くされ、マグカップには飲みかけのコーヒー、もらったハンドクリームに常備薬、目薬にピアス、封を開けていない郵便物がその隙間に置いてある。窓を少し開けて、花粉のピークが去ったのを感じる。冷たい水で手を洗って、次の休みも晴れだと、明るい気持ちになっている自分がいた。

あとがき（私家版）

処女作「ばかげた夢」から半年が経ち、私は二十六歳になりました。

これまでの自分の人生を思い起こして、懐かしい気持ちで書いてみました。

年齢を重ねてようやく書けることが増えました。だから、わたしにとって加齢は救いです。

わたしの胸に秘めていた「いかれた慕情」を、ここに独白します。

書くことは、自分との対話のようなものでした。

人のことが嫌いだと言っていたのに、ペンを走らせれば人との関わりのことばかり書いていた。

死んだ犬のことを思い出していたら、目が真っ赤になってしばらく作業が進まなかった。

それでも、悲しいことも悲しいだけじゃないということをわたしは証明したいのです。


他人からすれば意味のないことが、わたしにとって一番大切でした。

同じ本を何度も読んで泣いたり、季節の花を部屋いっぱいに飾ったり、生まれた年の映画を観たり、真夜中に散歩したり、何気ない日常を文章にして記していくことが。

歌うように、踊るように、日々は続いていく。

東京のかたすみで、ばかげた夢の続きを見たいと思っています。


素敵なイラストで表紙を飾ってくださった安藤晶子さん。

お忙しい中、わたしのわがままに応えて下さり感謝しております。

表紙に描かれたあの赤の美しさを見たときは胸がいっぱいになりました。

安藤さんの人柄のあたたかさやユーモアが大好きです。

これからも、公私ともに宜しくお願い致します。

そして、校正と編集を引き受けてくれた河野真雪ちゃん。
聡明で思慮深い彼女に何度も助けられて、この本を作ることができました。
「なんでも手伝うよ」と声をかけてくれたときは嬉しかった。
これからもよろしくね。君と友達になれてよかった。
真雪ちゃんが好きな越川の焼うどん、食べに行こうね。

そして、この本を手にとってくださった方、いつも応援してくださる皆様に感謝の念をお伝えします。
わたしを見つけてくれて、どうもありがとう。

もう書けないかもしれないと思っても、書くことが嫌いになる日なんて一日もなかった。

誰かの人生に触れて魂が震えるたびに、生きててよかったと思う。

悲しみや怒りすら愛おしいと思えるようになった。

自分を晒すことで嫌われても引かれてもいい。

ただ静かに続くこの激情を書いていけたら。

才能がなくても情熱を持ち続けたい。

わたしは一生、恥をかき続ける。

二〇一八年　十一月
僕のマリ

あとがき（書籍化にあたって）

人生があと何年続くのだろうと、折に触れて考える。日本の女性の平均寿命を参照するならば、まだ折り返し地点にも立っていない。しかし、誰かが自分の見ていない隙に少しずつ時計の針を縮めているような、そんな時の流れの速さを毎日感じている。『いかれた慕情』というZINEを作ってから五年、わたしは三十歳になった。成人してから十年が経ち、ようやく大人になったような心持ちでいる。私家版のあとがきに「加齢は救い」と書いていたのが、年々現実味を帯びてきたような気がする。

二〇一八年の春、はじめて同人誌即売会に参加した。いま思えば、ものを書いている知り合いもいなければ、一緒に作る仲間もいないまま、よくひとりで参加したものだと感慨深くなる。私小説のような薄いＺＩＮＥを作り、その限定百部の作品を通販を使って売り切ったが、そこから火がついたように文章を書き始めた。もともと書くのは好きだったし、難しくなかった。思うままに、指が動くままに書き連ねた自分の文章は、身を削いで作ったものであり、あたたかい血が流れているようだった。いざ書き始めたら、それまで自分がどうやって息をしていたのかわからなくなるほど、文章は生命線のような役割を果たしていた。

そうして勢いのまま作ったのが二作目のＺＩＮＥ『いかれた慕情』だった。収録されている文章の数は少なく、すぐ読み終えてしまうような量であったが、その湿度と温度は高かった。短編に登場する人物のほとんどがもう会えない存在で、会わなくても平気だと思う人もいる。わたしはその人たちを読むたび思い出したい、忘れたくないというよりは、その人たちと接したときの自分の心の動きを記録しておきたかった。わたしが住んでいる東京は人が多すぎて、書いていなければ日々が日々に塗りつぶされていくように流れていいく。毎日慌ただしく、これを書いている現在だって、夏がすぐそこにきていることに驚きを隠せない。

『いかれた慕情』を刊行して間もなく、雑誌でコラムを書いたり、エッセイの連載が書籍化されたり、ありがたいことに書く仕事をもらえるようになった。書く題材というのは不思議となくならず、毎日何かを思ったり思い出したりしながら、言葉にして書き残している。執筆活動をはじめてから、自分にとってはあっという間に月日が流れ五年が経った。五年前の自分が書いたことや感じたことについて、いまなら違う見方や感じ方をするだろうと思いつつも、でも確かに本当のことを書いた作品であることは間違いない。いまより若い頃はいつも少し苦しかった。それは何でも真正面から受け止めてしまう真面目さであり、自分が何かを、誰かを、助けられると信じていた愚かさでもあった。

三十代になり、結婚して名前も変わり、家庭というものを築いた。「血の繋がっていない家族」という不思議な存在が夫で、もしわたしの身に何かあったときにいちばんに連絡がいくのは彼だという事実が、まだ実感できずにふわふわとした気持ちでいる。五年前は考えたこともなかった未来がいまで、自分のなかで常に感じていた苦しさがゼロになったとは言えない。時折きゅうっと、苦しくなる瞬間はある。でも、好きなものや夢中になれることをひとつずつ増やすことで、一日、また一日と生き長らえることができるんじゃないかと思う。強く生きることや苦しさを我慢することを考えると苦しい。でも自分で自分を守ることは、きっとそんなに難しいことではない。自分が心から好きだと思う作品や人が、時として自分の心を照らしてくれる。そのことだけは、わたしの経験則として確かなのだ。

文章を書いているとき、ふいにぱあっと目の前が明るくなる瞬間がある。それは花が咲いたような、夏のまっさらな青空を見たような、田舎の夜空を瞬く星に照らされたような、何かが溢れてこぼれおち、煌めきを放っているように眩しくて、すがりつきたいほど清らかな一瞬である。三十歳をとうに超え、手に職もなければ、お金をたくさん稼いでいるわけでもない平凡なわたしが、こんな不敵な高揚感に包まれるのはおかしいことだろうか？

でも、わたしが感じているこの光は、誰も実際には見ることも確かめることもできないはずなのに、それが、それだけが確かなものとして、ずっと胸のなかに居座っている。大人になってから、いろんなものを手放し、なにかを選んでここまで歩いてきた。わたしはいまの暮らしを愛していて、自分のなかにある光をお守りにして生きている。その光だけは煌々と輝き、何年も前からずっと、消えてはくれなかった。

最後に、『いかれた慕情』を書籍として刊行するにあたり、声をかけてくださった百万年書房の北尾修一さん、装画を描き下ろしてくださった安藤晶子さん、装丁を手がけてくださった川名潤さんに深くお礼を申し上げます。早送りを見ているような日々を駆け抜けながら、自分の分身となるような作品を残せたことを、ありがたく思っています。いつも側にいてくれる夫、友人たち、他の作家のみなさんにも、いつも感謝しています。

そして、たくさんの作品や作家がいるなかで、この本を手に取ってくださった読者のみなさまに、心からお礼を申し上げたい。わたしを見つけてくれてありがとう。たくさんの本が言葉が、少し苦しいわたしたちと幸せな出会いを果たすはずで、わたしはずっとそう思って生きてきた。

二〇二三年　まばゆい春

僕のマリ

初出一覧

「天使の背中」「花の墓標」「リノちゃん」「確かに恋だった」(私家版「いかれた慕情」)
「加速し続ける」(「Quick Japan vol.160」太田出版 二〇二二年四月)
他はすべて書き下ろしです。

いかれた慕情

２０２３年６月２日　初版発行

著者　僕のマリ
装画　安藤晶子
装丁　川名潤
発行者　北尾修一
発行所　株式会社百万年書房
〒１５０－０００２　東京都渋谷区渋谷３－26－17－３０１
電話　０８０－３５７８－３５０２
http://www.millionyearsbookstore.com

印刷・製本　中央精版印刷株式会社

JASRAC 出 2302914-301
ISBN978-4-910053-40-0